Novèl Basa Jawa

Dolanan Ati

Ki Bambang Saparyono

GARUDHAWACA

Novèl Basa Jawa

DOLANAN ATI

Penulis:

Ki Bambang Saparyono

Pemeriksa Aksara

Ahmad Jalidu

Desain Cover:

Jalu Sentanu

Layout:

Jalu Sentanu

13,5 x 20.5 cm ; vi + 215 hlm

ISBN 978-623-422-132-9

Terbit pertama, Januari 2025

Diterbitkan oleh:

Penerbit Garudhawaca

Sleman, D.I. Yogyakarta

https://penerbitgarudhawaca.com

Linambaran Tresna,
Novèl Basa Jawa iki daktulis, kanggo:
Sigaraning nyawaku, kinasih Ismaryani
Semangatku Nikka, Diamond, Emmy, Tommy, Siwi lan Era,
sarta kabèh pandhemen Basa Jawa

Ki Bambang Saparyono

Atur Pangiring

Puja puji pangastuti lan agunging panuwun konjuk Ngarsa Dalem Gusti Allah SWT, kang wis paring kekuwatan lan keludhangan kanggo nulis Novèl Basa Jawa DOLANAN ATI.

Crita iki mung karangan dudu kasunyatan. Yèn ana jeneng, papan, utawa kedadéyan kang mèmper utawa padha, mung kepeneran kanggo njumbuhaké karo swasana crita (*setting*).

Ancas tujuwan panulising crita iki, kanggo ngleluri lan nglestarèkaké Basa Jawa, mliginé bab unggah-ungguhing basa, sarta sinau matrapaké Basa Jawa ing sadhéngah papan lan swasana.

Gedhé panarimaku marang bojo, anak-anak lan putu-putu sing wis nyengkuyung panulising crita iki.

Mesthi waé akèh kekurangan ing tulisan iki, panyaruwé tansah daktunggu liwat layang *elektronik* ing alamat kibambangsaparyono@gmail.com. Matur nuwun.

Ki Bambang Saparyono

Dhaptar Isi:

Atur Pangiring iv

Dhaptar Isi: v

01. KOBONGAN 1

02. GOLÈK SEKOLAH 8

03. PINDHAH SEKOLAH 15

04. MLEBU ASRAMA 22

05. KANGEN DÉSA 29

06. MENYANG DÉSA 36

07. PLESIRAN 43

08. DILAMAR MARTOYO 50

09. ORA SRANTA 57

10. KEPEKSA SUMINGKIR 64

11. DIRUDA-PEKSA 71

12. KEDUWUNG 78

13. CENGKAH 1 85

14. CENGKAH 2 92

15. KATRANGANÉ DANIYAH 99

16. GOLÈK SISIK MELIK (1) 106

17. GOLÈK SISIK MELIK (2) 113
18. TIBA ING PANALANGSA 120
19. NGANDHUT 127
20. TITIK TERANG 1 134
21. TITIK TERANG 2 141
22. SILIH CIDRA 148
23. ATI KUWUR 155
24. KESANDHUNG MANÈH 162
25. GOLÈK UCENG OLÈH DELEG 169
26. NGRERUJIT ATI 176
27. ÉWUH AYA 1 183
28. ÉWUH AYA 2 190
29. PAMIT 197
30. PEPISAHAN 204
Buku anggitané Ki Bambang Saparyono: .... **Kesalahan! Bookmark tidak ditentukan.**
Panganggit 212

01. KOBONGAN

Sawijining wengi ing tlatah sikiling Gunung Merapi sisih kidul wétan. Wayah surup ngancik ngisak. Angin mangsa ketiga sumilir midit saka kidul kulon, nggawa hawa kekes ing mangsa bedhidhing.

Isih keprungu ramé, swarané bocah-bocah cilik sing lagi padha ngaji ing *serambi* mesjid désa kono. Ana sing isih sinau maca *a, ba, ta*. Ana sing wis maca punggelan-pungelan ayat, lan ana sing wis fasih nderes Quran. Para guru ngaji kanthi sabar nuntun santriné sinau maca Quran lan piwulang becik/ kautaman.

Dumadakan keprungu swara kenthongan titir telu-telu, pratandha yèn ana bebaya utawa kobongan. Kanyata, ana omah kobong nganti entèk ludhes, ing pinggir désa iring kidul wétan. Pak Dalija, Bu Dalija, lan Danang anaké lanang téwas dadi korban. Begja, anaké wadon isih slamet. Nalika kedadéan, anaké wadon kuwi lagi mèlu ngaji ing mesjid. Saupama ora ...?

Begja manèh, omahé Pak Dalija rada ndhéwé, adoh saka omah liya, ing pinggir désa. Satemah geni ora gampang mrambat menyang omah kiwa tengené, amarga kagawa angin.

Nalika kampung horeg jalaran ana kabar yèn omahé Pak Dalija kobong, anaké wadon gya mlayu sipat kuping bali mulih. Tekan kono, omahé wis kobong lan ambruk rata lemah. Mangkono uga bapak, embok lan adhiné uga katut kobong, durung kober mlayu. Wong tuwané loro lan adhiné dadi kurban, ora bisa dislametaké.

Sewengi nutug wong-wong désa padha gotong-royong matèni geni. Nanging uga ora kurang, warga désa sing péngin ngerti kahanané, wis ngupengi omah sing kobong kuwi. Kadhang kala ya ngganggu wong sing lagi gotong royong, nanging ngono kuwi ora bisa dipenggak. Bengi iku uga, sawisé geni bisa disirepaké, layon telu diupakara kanthi cara salumrahé. Layon telu wis ora wujud manungsa lumrah, amung kaya tumpukan daging sing wis kebakar gosong, ajur mumur amarga mateng.

Ora suwé, pulisi sing nampa pelapuran wis teka ing papan kedadéan. Sakupengé omah kobong nuli dipasangi pita kuning garis pulisi. Sapa baé ora dikeparengaké mlebu garis kuwi, amrih ora mbusek utawa ngilangaké barang bukti sing bisa kanggo nliti, apa sing njalari kobongan kuwi. Apa murni kacilakan, utawa aja-aja ana sing njarag gawé cilakané kluwarga Pak Dalija.

Ésuk dina candhaké layon dikubur ing pasaréan umum padhukuhan. Daniyah anaké wadon Pak Dalija, ngeteraké layon bapak, simbok, lan adhiné nganti tekan pasaréan. Katon yèn bocah wadon kuwi sedhih banget. Bocah kuwi ora katon nangis, nanging praupané pucat aclum kaya ora duwé getih, panduluné suwung nrawang adoh sundhul langit sap pitu.

Pulisi uga nerusaké anggoné nitipriksa, kanthi nyetitèkaké sakabèhé, klebu nakoni uwong-uwong sing bokmenawa ngerti kedadéan kuwi. Nanging pungkasané, pulisi njupuk dudutan yang kobongan kuwi murni kacilakan, dudu pokalé wong tumindak ala.

Saupama ora ana kedadéan omahé kobong, bokmenawa Pak Dalija ora bakal narik gawigatèn. Nanging sawisé kedadéan kuwi, jeneng 'Dalija' banjur dadi misuwur ing désa kono sakiwa-tengené. Malah kabar kobongé Pak Dalija saanak bojoné uga kamot ing ariwarti, ya sing terbit ing Ngayogya, apa déné ing kutha Solo.

Pak Dalija, pancèn dudu sapa-sapa. Bisa dingibaratake mung kaya seglintir wedhi ing gisiking segara. Pak Dalija iku wong désa sing uripé kesrakat, pakaryan saben dinané dodolan suket pakan raja-kaya. Pak Dalija duwé anak loro, sing pambarep Daniyah umur kira-kira rolas tahun, sekolah ing SMP partikelir sing ana ing désa kono. Daniyah sekolahé kepétung pinter, mula bisa antuk *beasiswa* saka sekolahané. Kang nomor loro Danang, isih sekolah SD.

Omahé prasaja banget, balunganè mung ginawé saka pring, aling-alingé gedhèg, lan payon rapak tebu, dumunung ing pinggir dalan, tapel wates antarané propinsi DIY lan Jawa Tengah. Lemah kang dienggoni ya dudu duwèké dhéwé, nanging lemah kas désa. Pak Dalija ora duwé lemah dhéwé, amarga diapusi seduluré. Déning seduluré uga wis diedol, lan seduluré kuwi ya wis ora ana. Pak Dalija ora duwé sanak sedulur manèh.

Nyipati omah lan kluwargané kobong, Daniyah sajaké dadi ngengleng, saking bingungé. Mung lungguh ndhéprok ing lemah, dheleg-dheleg ing sangisoring wit dhuwet. Luh kumembeng ing mripaté sing bening kuwi, nanging ora keprungu swara tangisé. Pandulunè kothong suwung, nrawang adoh nembus langit, ngetutaké lakuning kukus kang metu saka reruntuhan omahé.

Ora mokal yèn bocah kuwi dadi ngengleng amarga bingung, lagi baé ketaman kesusahan sing abot. Kélangan wong-wong sing banget ditresnani, wong-wong sing sasuwéné iki awèh pangayoman. Mangka sangertiné wong désa kono, Pak Dalija wis ora duwé sapa-sapa.

Ora kalah bingungé, punggawa padhukuhan lan kalurahan. Daniyah, bocah sing isih prawan kencur kuwi arep di-kepriyèk-aké. Sawetara wektu, kanthi rada kepeksa amarga mesakaké, pak lurah ngajak Daniyah mapan ing omahé. Kepeneran, Maryati anaké pak lurah iku kanca nunggal-kelas-é Daniyah. Nalika diajak ora nulak, nanging, gya sawisé tekan omahé pak lurah, Daniyah banjur bali menyang reruntuhan omahé dhéwé. Anané mung plonga-plongo, lungguh ndhéprok, sikil ditekuk siji, tangan loro lan janggut disèlèhaké ing dhengkulé. Banget gawé trenyuh atiné wong-wong sing padha nyumurupi.

Rong dina sawisé kedadéan kobongan, ing kalurahan dianakaké rapat kanggo ngrembug bab Daniyah. Nanging rembugan sawetara cunthel, durung antuk dalan, sapa sing arep ngrawat utawa nggulawenthah Daniyah? Utawa kudu kepriyé? Apa iya mentala Daniyah dienengaké baé, urip dadi tuna-wisma lunga saparan-paran?

Ing kahanan kaya ngono, ana pawongan enom umur kira-kira telu likur utawa patlikur taun, mlebu kantor kalurahan, numpak mobil werna 'silver'. Priyayiné bagus, pawakané gedhé dhuwur, werna kulité sawo mateng, solah-bawané alus, kebak tata-krama. Jenengé Prasaja. Prasaja iki sawijining *pangusaha pengembang perumahan* sing proyèké ana ing kiwa tengen tlatah kono.

Gandhèng anggoné rembugan isih buntu, ngerti tekané Prasaja, Lurah Sasra Sudira banjur ngendheg anggoné rapat, lan sawetara methukaké Prasaja ing plataran. Yektiné Prasaja ora duwé proyèk mbangun pomahan ing kalurahan kono, nanging kenal apik karo lurahé, mula dina iku niyat silaturahmi.

*

Sapa ta Prasaja kuwi? Yaiku, nomnoman umur kira-kira 23 utawa 24 taun. Yèn miturut kabar sing keprungu, Prasaja iku isih trahing kusuma rembesing madu. Dhèwèké dhéwé ora tau ngaku yèn trahing andanawarih, lan uga ora tau nulis sesebutané, upamané 'radèn' utawa 'radèn mas'. Nanging yèn diaturi kanthi sebutan 'gus', 'radèn', utawa 'dèn mas' ya ora tau nulak. Dhèwèké iku pengusaha mudha *pengembang* pomahan, nerusaké usaha wong tuwané. Ramané wis séda, marisaké usaha kang wis dadi, tuwuh ngrembaka. Mula bab raja-brana wis ora kurang-kurang sasat kecèh bandha. Wiwit ramané isih sugeng, Prasaja wis kulina éwang-éwang, mula saiki sanadyan umuré lagi 24-an taun wis bisa mandhirèng pribadi. Prasaja lulusan fakultas teknik sipil ing pawiyatan luhur sing banget misuwur.

Prasaja sak-sedulur mung wong loro. Adhiné uga metu lanang, Pramana jenengé. Kaya kakangné, Pramana uga kuliyah ing fakultas teknik sipil, malah uga wis mèh lulus pawiyatan. Mung baé anggoné kuliyah ora ing Indonesia, nanging ing Amerika. Sanadyan isih kuliyah, nanging Pramana uga wis nyambut gawé. Pramana wasis banget nggambar rancangan modhèl wewangunan. Ya gambar-gambar iku sing dadi modhèl pomahan usahané Prasaja.

Ing tlatah Ngayogyakarta rega lemah munggah ndedel. Upama-a bisa mbangun pomahan, nanging bakal kangèlan anggoné ngedol, amarga ora cocog karo *daya beli* warga masarakat. Mula, Prasaja golèk lemah arep kanggo mbangun pomahan, sing ora pati adoh saka kutha Ngayogya, nanging regané isih bisa kegayuh. Pilihané tiba ing wewengkon Kabupaten Klaten sisih kulon. Mula wis biyasa yèn Prasaja tlusap-tlusup utawa nginep ing tlatah kono, sanadyan omahé, dalem wiratmajan, ya ora pati adoh. Malah, punggawaning praja ing tlatah kono wis padha kenal apik karo Prasaja. Proyek kang saiki lagi ditandangi, yaiku mbangun pomahan ing Kelurahan Solodiran, Manisrengga.

Nomnoman kuwi isih legan. Ibuné, ya R. Ngt. Hargarini, nedya njodhokaké Prasaja karo kenya pilihané sing isih padha-padha trahing andanawarih. Nanging Prasaja durung gelem, kanthi alasan durung péngin omah-omah. Mangka pawadan kang sejatiné, Prasaja ora tresna marang kenya pilihan ibuné kuwi. Dhèwèké ora wani blaka, kuwatir gawé gela manahé ingkang ibu, lan njalari kumat gerahé jantung. Wis sauntara wektu ibuné gerah jantung sing rada mutawatiri. Mula kudu dijaga aja nganti kagèt, sedhih, kuwatir, lan sapanunggalané.

*

Sinambi mlaku bareng saka plataran menyang ruwang kantoré Lurah Sasra Sudira, wong loro padha pacelathon sanadyan mung kanggo abang-abang lambé.

"Sajakipun ... nembé rapat serius, Pak Lurah?" kandhané Prasaja.

"Inggih punika, Gus. Nanging menika wau nembé buntu, mila lajeng kula *skors*."

"Wéélah ... kok kados rapat ing *perlemèn* kémawon, wonten *deadlock*-ipun?"

"Prekawisipun pancèn radi angèl, Gus."

"Oh, makaten. Menawi sanès prekawis ingkang ngemu wewados, ngrembag bab punapa, Pak Lurah?"

Wong loro wis tekan kantoré pak lurah.

"Mangga, Gus. Katuran lenggah ingkang prayogi."

Karo lungguh, Lurah Sasra Sudira kandha, "Kalih dinten kapengker, griyanipun Pak Dalija punika rak kabesem ludhes, Gus. Mirisipun malih, Pak Dalija, sémahipun, lan putranipun ingkang alit tumut dados kurban."

"Innalillahi wa inaa ilaihi rooji'un. Ndhèrèk prihatos, Pak Lurah. Punapa Pak Dalija ingkang sadéyan pakan raja-kaya punika, Pak Lurah?"

-0-

Kosa tembung:

Mangsa = *musim;*
kekes = *dingin sekali;*
horeg = *heboh;*
layon = *jenazah;*
kesrakat = *sangat miskin;*
raja-kaya = *binatang ternak;*
ngengleng = *owah* = *gangguan jiwa;*
kukus = *asap;*
legan = *belum beristri/suami;*
rapak = *daun tebu kering.*

02. GOLÈK SEKOLAH

"Inggih leres, Gus. Ingkang taksih dados perkawis, Pak Dalija nilar putra putri setunggal. Kang mangka, sapangertosan kula lan warga dhusun, Pak Dalija punika sampun boten gadhah sanak kadang malih. Nah, rapat punika wau ngrembag bab punika; sinten ingkang kersa kanthi legawa nggulawenthah laré punika, Gus."

"Wah, inggih mesakaken sanget punika."

"Lha, punika ingkang ndadosaken cuntheling pirembagan kala wau, Gus."

"Inggih inggih, ... pancèn radi angèl lan ruwed prekawis punika."

Sabanjuré, wong loro ngrembuk prekara liya, yaiku gagasan arep mbangun papan plesir pegunungan, ing kalurahan kono. Durung ana rembug sing gumathok, kekaroné lagi njajagi bathi lan rugi-né.

Bubar sholat Luhur Lurah Sasra Sudira nerusaké anggoné rapat. Nanging nganti tekan wayahé kantor kalurahan tutup, durung ana golong-giliging rembug. Kanggo sauntara wektu, Daniyah tetep manggon ing omahé pak lurah.

Wayah soré, pak lurah nggolèki lan nggawa Daniyah bali menyang dalemé manèh. Sanadyan bojoné yektiné ora sarujuk, nanging yèn ora digawa kok ya mesakaké banget. Ana ngendi dunungé rasa kamanungsan, sing sasuwéné iki tansah di-udi. Apa manèh ngèlingi kalungguhané pinangka lurah. Nganti tekan wektu kuwi, Daniyah durung bisa diajak kekandhan. Anané manthuk utawa gèdhèg, yèn kekandhan mung satembung rong tembung.

Bubar magrib, tilpuné pak lurah muni ngganter.

Prasaja sing nilpun, "Nyuwun pangapunten, Pak Lurah. Menawi kula badhé sowan, punapa pak lurah kagungan wekdal?"

"Lha, mangga. Bénjing punapa, Gus?"

"Sapunika, Pak Lurah. Punika kula taksih wonten Manisrengga, sekedhap malih kula sowan."

Ora let suwé, Prasaja wis teka ing dalemé pak lurah. Pak lurah ngacarani tamuné salumrahé, lan Prasaja ora nganggo pakéwuh gya lungguh satata.

Lurah Sasra Sudira selak ora sranta, ndhisiki kandha, "Nuwun sèwu. Badhé wonten pangandikan punapa, Gus?"

"Wangsul dhateng prekawis putranipun Pak Dalija kala wau lho, Pak Lurah. Ing mergi, kula raos-raosaken kok mesakaken sanget. Lajeng tuwuh gagasan, kadospundi menawi putranipun Pak Dalija punika dipun-pindhah sekolahipun dhateng sekolah ingkang wonten asrama utawi pondhokanipun? Kanthi mekaten, boten damel répotipun tiyang sanès, Pak Lurah."

"Nanging ... lajeng dhateng pundi, lan ... kadospundi menggah wragadipun, Gus?"

"Emmm ... kula gadhah kanca guru sekolah partikelir ing Prambanan. Menawi pak lurah sarujuk, kula badhé njajagi menggah saged lan botenipun. Bénjing menawi sampun cetha saged, kula badhé caos kabar dhateng pak lurah. Déné bab wragad, mangké kula ingkang badhé mbudidaya madosaken dhonasi saking kanca-kanca pengusaha mudha pinangka dhonatur," kandhané Prasaja.

"Wahhh ... lha menawi saged, tartamtu kula sarujuk sanget, Gus," wangsulané pak lurah.

Wong loro wis sarembug, nedya mindhah sekolahé Daniyah menyang sekolah sing ana pondhokané. Kanthi mangkono ora bakal 'ngganggu' katentreman balé somahé wong liya. Déning pak lurah, samubarangé dipasrahaké marang Prasaja, klebu nggolèkaké dhonatur kanggo wragad. Ésuk dina candhaké pak lurah nganakaké rapat manèh, kanggo mbiwarakaké perkara kuwi marang punggawa kalurahan.

*

Muktibareng Prambanan Boarding School utawa MPBS mujudaké sekolahan kang banget pinunjul. Akèh prèstasi kang wis bisa digayuh, ya ing babagan pasinaon, seni, utawa ulah raga. Tataranè sekolah, ana wiwit TK, SD, SMP, SMU, nganti pawiyatan luhur Institut Agama Islam MUKTIBARENG. Kang banget mirunggan ing sekolahan iki, kejaba matrapaké *kurikulum terpadu* ngiras sinau agama Islam, uga nyepakaké asrama utawa pondhokan putri kanggo siswa SMP, SMU, lan mahasiswa putri.

Ésuk iku, Prasaja nemoni Raras ing kantoré. Raras, utawa jeneng ganepé Larasati, iku kepala SMP ing MPBS. Larasati iku mbakyuné Parikesit, kanca kuliyahé Prasaja. Prasaja banjur crita bab kedadéan kobongan ing sikiling Gunung Merapi, lan nélakaké maksudé yèn arep mindhah murid putri saka SMP partikelir désa kono menyang SMP MPBS. Uga dikandhakaké, gandhèng bocah kuwi lola ora duwé sapa-sapa, kabèh kebutuhané dadi tanggung jawabé Prasaja.

Tiba kepeneran, dilalah pancèn ana méja sing isih sela. Mula ora let suwé wis antuk katrangan sing gumathok, Daniyah bisa ditampa pindhah sekolah menyang MPBS.

"Aja-aja ... sliramu iki naksir karo bocah kuwi, Dhik Prasaja? Banjur daya-daya mbélani lair batin?" kandhané Raras marang Prasaja karo mèsem. Raras ngerti yèn Prasaja pancèn isih legan.

"Hé hé ... ora, Mbak. Durung. Bocahé isih cilik kok, Mbak. Malah aku dhéwé durung wanuh lan durung ngerti bocahé kaya ngapa."

"Mula kuwi, mbok ya gagé ndang nikah. Wong Tante Hargarini ya wis nggolèkaké calon."

Prasaja mung mèsem, ora nanggapi kandhané Raras. Yèn arep wangsulan kudu ngati-ati, aja nganti kewetu menawa dhèwèké iku yektiné ora tresna marang kenya pilihané ingkang ibu. Raras lan ibuné Prasaja srawungé raket. Yèn nganti Raras ora nemaha kewetu marang ibuné, ... ndrawasi, bisa dadi gawé.

"Nyuwun idi palilah ya, Mbak. Aku dak-nilpun pak lurah pisan," kandhané Prasaja ngiras-ngirus ngalihaké rembug.

Isih ana ing ngarepé Raras, Prasaja banjur nilpun Lurah Sasra Sudira.

"Inggih, Gus, ... nyadhong dhawuh?" kandhané Lurah Sasra Sudira ndhisiki, sanadyan Prasaja durung kekandhan apa-apa.

"Sugeng siyang, Pak Lurah. Punika kula taksih wonten ing SMP Muktibareng Prambanan, sowan bu kepala sekolah gegayutan kaliyan niyat nglebetaken Daniyah dhateng SMP MPBS, Pak Lurah."

"Inggih, matur nuwun sanget, Gus. Lajeng ... wusananipun kadospundi, Gus."

"Wosing rembag saged dipun-tampi, Pak Lurah."

"Alkhamdulillahi rabbil 'aalamiin. Lega manah kula, Gus. Lah punika ... kanca istri sampun plérak-plérok kémawon, jé."

Lurah Sasra Sudira lan Prasaja ngguyu bareng.

"Menawi makaten, bénjing énjing kula sowan pak lurah, lajeng sareng-sareng ngeteraken Daniyah dhateng SMP Muktibareng Prambanan."

"Walah ... kula kinten boten kedah kaliyan kula, Gus. Punapa boten cekap panjenengan kémawon?"

"Prayogi menawi sesarengan, Pak Lurah. Èstunipun, ingkang kawogan punika rak pak lurah, ta?" kandhané Prasaja karo ngguyu.

"O, lha inggih. Inggih inggih, saèstu kula ngrumaosi. Malah kepara kula ngaturaken agunging panuwun ingkang kathah, sampun dipun-biyantu."

"Kula suwun, pak lurah langkung rumiyin ngendika dhateng Daniyah prekawis punika. Supados piyambakipun boten kagèt lan saged nata ati, sarta cecepak sacekapipun."

"Inggih, Gus. Dalu punika kula badhé nyriyosi babagan pindhah sekolah lan mondhok. Déné rembag ingkang langkung princi, bénjing Gus Prasaja kula aturi ngendika *langsung* dhateng larénipun piyambak."

"Inggih, Pak Lurah. Matur nuwun."

Rembug wis 'kepleng'. Pak lurah wis sarujuk, pihak sekolah uga wis gelem nampa, Daniyah sajaké ya ora duwé daya kanggo suwala.

Jam sanga ésuk dina candhaké, Prasaja wis tekan dalemé Pak Lurah Sasra Sudira. Pak lurah ya wis nunggu, siyaga budhal ngeteraké Daniyah. Pak lurah ngajak Sudadi pinangka kaur sosial ing kalurahan, supaya ngerti kahanan. Kejaba iku, bokmenawa bisa dadi kanca kanggo mbat-mbatan yèn ana rembug sing penting lan wigati.

Daniyah wis tata-tata. Kejaba sandhangan lungsuran pawèwèhé tangga teparo, Daniyah ditukokaké sandhangan anyar rong pengadeg déning Bu Sasra Sudira. Embuh apa sing dirasakaké Daniyah, praèné katon kaku babar pisan ora ngatonaké pasemon sedhih utawa seneng. Diwènèhi sandhangan ya ora ngaturaké 'matur nuwun'.

Kabèh wis siyaga budhal, nalika dumadakan ana wong lanang telu mlebu plataran dalemé pak lurah. Mobilé mung diparkir ing pinggir dalan. Sing siji pawakané rada cilik, dandanané besus, sarwa becik, lan resik. Déné sing loro liyané pawakané kenceng, werna kulit semu ireng, nyenyandhang pulisi.

Éwuh-aya tumrap pak lurah. Yektiné wis siyaga budhal lunga, nanging uga kudu ngurmati tamu sing teka ing omahé. Pak lurah nolèh ndeleng Prasaja kaya njaluk tetimbangan, kepriyé beciké. Prasaja manthuk, kaya awèh pratandha supaya nampa tamuné luwih dhisik.

Kabèh nuli bali lungguh kursi sing ana ing èmpèr ngarepan.

"Ki sanak. Boten ateges kula tambuh, nanging saèstu nyuwun pangapunten kula kok kesupèn panjenengan punika sinten, lenggahipun wonten pundi, lan wonten prekawis punapa, sampun rawuh ing gubug kula mriki, Ki Sanak?"

"Iya, Pak Lurah. Mohon maaf. Walaupun saya ini orang Jawa tetapi sudah lama merantau di Lampung, sehingga bahasa Jawa saya kurang bagus. Mohon ijin saya menggunakan bahasa Indonesia saja."

"Oh, begitu, silahkan."

"Nama saya Daliman. Saya ini saudara sepupu Mas Dalija yang beritanya menjadi 'viral' karena rumahnya terbakar, dan dia sendiri beserta anak dan

istrinya juga menjadi korban. Dalam berita itu juga disebutkan bahwa Mas Dalija masih meninggalkan seorang anak perempuan, sementara Mas Dalija sudah tidak punya keluarga lagi di Jawa ini. Maka maksud saya datang ke sini, ingin mengambil anak perempuan Mas Dalija tersebut, akan saya ajak ke Lampung, biar melanjutkan sekolah di sana."

-0-

Kosa Tembung:

Kawogan = *berkepentingan/berkewajiban;*
gumathok = *jelas;*
pasemon = *kesan;*
sairib = *mirip;*
paturasan = *kamar mandi.*

03. PINDHAH SEKOLAH

Lurah Sasra Sudira manthuk-manthuk, nanging ora énggal wangsulan. Yèn miturut pangakuné Pak Dalija dhéwé, dhèwèké iku wis rumangsa ora duwé sanak kadang ing donya iki. Nanging kok dumadakan ana sing ngaku sedulur, malah uga arep njupuk anaké wadon. Lurah Sasra Sudira ora gampang pracaya. Apa manèh, niyaté arep njupuk Daniyah, ing atasé bocah wadon prawan kencur.

Pak lurah nolèh marang Sudadi lan Prasaja. Sudadi mung meneng baé kaya ora duwé sanggan, bokmenawa merga ing kono ana pak lurah, pandhuwuré. Pak lurah banjur nolèh marang Prasaja.

Prasaja kaya nampa wirasat ala. Wong kuwi ngaku jenengé Daliman, kaya-kaya péngin gawé pasemon yén jenengé sairib karo Dalija. Daliman seduluré Dalija. Nanging tamuné mau uga kandha yèn dhèwèké iku pernah sedulur sepupu misan karo Dalija. Lumrahé, sing diwènèhi jeneng sairib iku yèn sedulur nunggal bapa biyung utawa saora-orané nunggal bapa.

Kang kapindho, dandanané wong iki besus sarwa becik, kok adoh banget karo kahanané Pak Dalija. Lha yèn pancèn sedulur, kenang-apa sasuwéné iki mung meneng baé ngerti kahanané Pak Dalija sing sarwa kekurangan.

Lan sing kaping telu, yèn niyaté becik nedya tetulung marang kluwarga kakangné, généya ndadak nggawa pulisi barang? Kanggo apa? Apa ana bebaya ing dalan? Kang mangka, saka Lampung tekan Ngayogya, rak mesthiné ya kudu ngragadi sakabèhé, sing ora sethithik.

Panggrahitané Prasaja, sing ngaku jeneng Daliman kuwi uwong sing arep apus-apus supaya bisa nggawa Daniyah. Tan begjané Daniyah bisa dadi barang dagangan kanggo dol tinuku.

Amarga teba srawungé Prasaja sing jembar, Prasaja kenal apik karo kapolsèk ing kapanéwon kono. Mula upama diperlokaké, ora tidha-tidha nedya nilpun pak kapolsèk.

Kabèh isih meneng baé, nalika dumadakan Prasaja kandha, "Nuwun sèwu, Pak Lurah. Kula badhé ndhèrèk dhateng paturasan."

"Oh, inggih mangga kula dhèrèkaken," kandhané Lurah Sasra Sudira karo ngadeg, nedya nuduhaké pakiwan.

Wong loro nuli bareng mlebu omah. Tekan sawaliking lawang, Prasaja kandha bisik-bisik marang pak lurah. Ora let suwé pak lurah wis bali metu lan lungguh nemoni tamuné, déné Prasaja terus menyang pakiwan.

"Maaf, Pak Lurah. Lalu bagaimana dengan masalah ini?" pitakoné uwong sing ngaku jeneng Daliman.

"Nanti dulu, Ki Sanak. Kita tunggu Gus Prasaja."

"Gus Prasaja itu siapa, Pak Lurah?"

"Gus Prasaja itu seseorang yang sudah banyak membantu warga sini, termasuk mencarikan sekolah dan donatur untuk biaya sekolah Daniyah putra Pak Dalija."

"Oh ... begitu. Berarti, mestinya dia senang ya, karena tidak perlu lagi repot mencarikan sekolah dan biayanya."

Ora let suwé, Prasaja wis bali ing papan lungguhé.

Pak lurah banjur kandha, "*Mohon maaf Ki Sanak. Sungguh, kami tidak bermaksud menahan Daniyah di sini. Di sini, juga tidak mudah mencari orang yang mampu membiayai Daniyah. Saya sendiri, anak saya enam dan semua membutuhkan biaya. Namun demikian, kami juga tidak gegabah untuk melepaskan Daniyah kepada seseorang yang baru saya kenal. Oleh karena itu, kami juga akan menghadirkan kapolsek setempat, agar menjadi saksi penyerahan Daniyah. Yah ... sebagaimana bapak polisi yang dari Lampung itu.*"

"*Loh ... justru saya sudah membawa polisi agar menjadi saksi. Dengan demikian, pak lurah tidak perlu menghadirkan polisi lagi,*" kandhané Daliman.

"*Ki Sanak. Jika hanya demikian, kami yang akan kesulitan memberi keterangan, kalau terjadi sesuatu dengan anak itu,*" wangsulané pak lurah.

"Rak inggih makaten ta, Gus?"

"Inggih, kula kinten langkung prayogi, Pak Lurah. Kula ingkang badhé nilpun pak kapolsèk," sumauré Prasaja.

"*Tidak usah! Tidak usah! Jika pak lurah tidak mau menyerahkan anak itu, ya sudah. Tidak perlu menghadirkan polisi. Sudah ya, saya permisi saja,*" kandhané Daliman kesusu lunga, kaya wedi selak kewiyak wediné.

Sawisé tamuné ilang saka pandulu, Lurah Sasra Sudira lan Prasaja pandeng-pinandeng, semu mésem.

*

Mobil wis budhal tumuju Prambanan. Prasaja lungguh ngarep jèjèr Pak Tarja, supiré. Déné pak lurah, Sudadi, lan Daniyah lungguh jok tengah.

"Hehh ...! Mèh kémawon kebobolan, Gus. Kok ya ana baé wong golèk-golèk, mancing ing banyu buthek."

"Inggih, Pak Lurah. Mila kedah tansah ngatos-atos. Kathah tiyang apus krama, namung mbujeng remenipun piyambak. Sampun makaping-kaping dipun-wartakaken, wontenipun laré-laré èstri ingkang dipun-culik, lajeng dipun-rudapeksa ngladosi napsu birai. Malah apesipun malih, wonten ingkang sasampunipun ngladosi lajeng dipun-sadé dados planyahan, utawi dipun-pejahi."

"Mila punika, Gus. Saèstu damel mirising manah."

Kabèh meneng nganti sauntara wektu.

"Daniyah!" pandanguné pak lurah, dumadakan.

Daniyah ora wangsulan, nanging nolèh marang Lurah Sasra Sudira.

"Apa kowé ngerti apa sing kedadéan mau?"

Daniyah manthuk. Sawetara swasana sepi, ora ana sing guneman. Nanging ora suwé, lurah Sasra Sudira takon marang Daniyah.

"Apa kowé ngerti, aku iki sapa?"

Daniyah manthuk.

"Apa kowé pracaya marang aku?"

Daniyah meneng baé, mripaté mencereng ndeleng pak lurah.

"Aku iki lurah ing désamu, bapakné Maryati kancamu, sing sasuwéné iki mènèhi idin marang bapakmu sakluwarga, mapan ing lemah kas désa. Maksudku, aku wis nyoba mbiyantu kluwargamu. Ora ateges aku arep ngedir-dirakė yèn wis potang budi marang kluwargamu. Nanging sing dak-jaluk, kowé pracaya marang aku. Lha, yèn kowé ora pracaya marang aku, aku ora bisa mbiyantu kowé manèh. Kabèh usaha lan pambudi-dayaku mesthi bakal kok-cubriyani. Kepriyé ... apa kowé ngerti karepku?"

Daniyah manthuk.

"Apa kowé wis kenal karo bapak iki?" pitakoné pak lurah manèh. Mripaté ndeleng Daniyah, nanging tangané nudhing Prasaja.

Daniyah gèdhèg.

"Nah ... ya ing prekara iki aku butuh kapercayanmu marang aku. Kepriyé? Apa kowé gelem pracaya marang aku?"

Daniyah manthuk.

"Aku ngerti banget marang priyayi iki. Aku uga pracaya banget marang priyayi iki. Priyayi iki asmané Pak Prasaja utawa Radèn Mas Prasaja. Nah, wosing rembug, gandhèng aku dhéwé ora kuwawa momong kowè, kowé arep dakpasrahaké marang Dèn Mas Prasaja. Dèn Mas Prasaja sing arep nggolèkké sekolahan kanggo kowé, mangkono uga bab ragadé. Sekolahan sing ana pondhokané, lan kowé bisa manggon ing asrama. Mula pesenku, kowé kudu nurut apa baé dhawuhé. Apa kowé ngerti lan saguh?"

Daniyah manthuk.

"Aku yakin banget, Dèn Mas Prasaja ora bakal gawé cilakamu, ora bakal mblondrongaké marang kanisthan, lan ora bakal ngapusi kowé. Mula, kowé kudu manut-nut marang Dèn Mas Prasaja," ngendikané lurah Sasra Sudira.

Mripaté Daniyah mencereng, katon yèn lagi nggatèkaké kandhané pak lurah. Nanging babar pisan ora wangsulan, anané mung manthuk-manthuk.

Ora krasa, mobil wis tekan komplèks kampus MPBS. Raras wis nunggu tekané Prasaja lan Lurah Sasra Sudira. Nalika kabèh wis lungguh kepénak, Lurah Sasra Sudira nuli masrahaké Daniyah marang Larasati. Uga ditandhesaké, yèn sabanjuré Daniyah dadi tanggung-jawabé Prasaja. Mula yèn ana rembug babagan Daniyah, Larasati dijaluk sesambungan langsung karo Prasaja. Lan yèn diperlokaké, Prasaja sing bakal sesambungan karo dhèwèké.

"Rak inggih makaten ta, Gus?"

"Inggih, Pak Lurah."

"Daniyah, kowé krungu dhéwé kabéh rembug iki ta, Ndhuk? Kowé wis dakpasrahaké marang Dèn Mas Prasaja lan ibu kepala sekolah. Kowé kudu sekolah lan sinau sing sregep lan tekun, supaya dadi wong sing migunani. Sapa ngerti wong tuwamu bisa meruhi saka kanané, dadi mongkog atiné. Sabanjuré kowé kudu ndhèrèk apa baé dhawuhé Bu Raras lan Dèn Mas Prasaja. Déné yèn upamané kowé kangen lan péngin dolan menyang désamu biyèn, kapan-kapan bèn dipethuk Maryati. Kowé rak nunggal klas karo Maryati, ta?"

Daniyah mung manthuk, tanpa tembung sanadyan sakecap. Mesthi baé Daniyah kenal karo Maryati. Kejaba kanca nunggal kelas ing SMP, Maryati uga kanca ngaji ing langgar. Praupané Daniyah babar pisan ora ngatonaké ana pasemon seneng, susah, sumedhot, apa kepriyé. Rampung anggoné rembugan masrahaké Daniyah marang pihak sekolah, Lurah Sasra Sudira lan Sudadi didhèrèkaké bali menyang désané, déning Pak Tarja supiré Prasaja

Sapungkuré Lurah Sasra Sudira, Prasaja lagi bisa nyawang Daniyah kanthi premati. Sanadyan bocah désa anaké wong ora duwé, Daniyah klebu ayu. Ya ... mesthi baé ayuné prawan sunthi bocah désa. Bocahé katon prasaja, bokmenawa kagawa kahanan kluwargané sing sarwa kekurangan. Pakulitané coklat semu ireng, nanging katon resik. Yektiné mripaté bening, mung saiki lagi kaya kesaput mendhung klawu, satemah sunaré surem. Bocahé meneng lan anteng ora akèh omongé, embuh iku sipat gawan bayi apa kagawa panandhang sing abot.

-0-

Kosa tembung:

Wirasat = *firasat;*
pasemon = *kesan;*
sairib = *mirip;*
ruda-peksa = *perkosa;*
planyahan = *pelacur;*
ngedir-dirakė = *memamerkan.*

04. MLEBU ASRAMA

Nanging kabèh mau dudu prekara tumrap Prasaja, waton bocah kuwi gelem urip apa anané, manut miturut ora aèng-aèng baé, wis cukup. Kanthi mangkono ora nambah-nambahi masalah tumrap Prasaja. Niyaté murni nedya tetulung marang bocah lola kuwi. Durung ana piweling sing kusus saka Prasaja kanggo Daniyah. Prasaja dhéwé sajaké ya isih mamang apa sing kudu ditindakaké. Sing penting wis ana papan ngéyup kanggo Daniyah.

Kaya lumrahé kepala sekolah, pesené Raras marang Daniyah: kudu sregep sinau, dhisiplin, tangat wektu, sregep ngaji, lan sapanunggalané. Raras uga nakokaké buku Rapor saka SMP ing désané, sarta ijazah SD, sing disimpen ing sekolah satemah ora katut kobong.

Bu Raras lan Prasaja banjur ngeteraké Daniyah menyang asrama, sarta masrahaké Daniyah marang Bu Aisyah, kepala asrama. Bu Raras ngendika marang Bu Aisyah, yèn ana siswa anyar sing arep mlebu asrama.

Sawisé Bu Aisyah ngerti apa keperluané Bu Raras lan Prasaja, nuli ngadeg, njupuk selembar dluwang ing laci méja kerjané. Sabanjuré ngulungaké layang kuwi marang Daniyah, karo ngendika, "Mangga! Iki *surat pernyatan,* diwaca dhisik sing kanthi tliti ya, Bocah Ayu. Yèn wis ngerti lan sarujuk surasané, banjur ditanda-tangani."

"Klebet bapak, mangké kasuwun ugi tapak asta pinangka wali murid, Bapak," kandhané Bu Aisyah marang Prasaja.

Surat Pernyataan kuwi nélakaké yèn sing tandhatangan saguh netepi kabèh paugeran kang wis ditetepaké déning yayasan lan sekolah, sarta ora bakal nerak wewaleré. Yèn nganti wani nerak peraturan kuwi, saguh nampa *konsekwensi*-né, yaiku kudu metu saka asrama, kepara tan begjané diwetokaké saka sekolah.

Bu Raras ora nanggapi ngendikané Bu Aisyah, sing nyebut Prasaja pinangka wali murid. Wis bèn baé panganggepé mangkono. Sanadyan Prasaja dudu wong tuwané Daniyah, nanging nyatané dhèwèké sing nanggung Daniyah sakabèhé. Mula pantes sinebut wali murid. Bu Aisyah uga paring wejangan, sing isiné ora béda saka piwelingé Bu Raras ing kantor kepala sekolah mau.

"Nah, Daniyah!" kandhané Prasaja. "Kowé wis maca dhéwé paugerané. Kabèh kudu diugemi, jer kabèh mau kanggo kebecikanmu dhéwé. Mula ... kowé kudu tansah ngati-ati, aja tumindak sakarepmu dhéwé. Ngerti?"

"Inggih, Pak."

Rampung sakabèhé, Prasaja banjur pamit marang Bu Raras lan Bu Aisyah.

Sawisé barang-barang disèlèh ing kamaré, Daniyah dieteraké menyang kelas. Dina iku Daniyah wiwit nglakoni sekolah ing SMP Muktibareng Prambanan Boarding School (MPBS). Wayahé umbar, Daniyah dirubung kancakancané anyar, péngin kenalan. Ora ngira ora nyana, jebul akèh kancané teka saka njaban rangkah. Adoh-adoh sekolah menyang Ngayogya, supaya bisa nggayuh impèn, bisa urip bagya mulya ing tembé buriné. Ana sing saka Lampung, Pulo Sumbawa, Gresik, lan liya-liyané.

Ing kamaré, Daniyah manggon bareng bocah telu liyané: Lailatun, Zakiyah, lan Siti. Bocah papat sekolahé isih ing tataran SMP, mung beda kelas. Wengi kuwi, nalika wis kesel anggoné cecaturan, lan silih ngenalaké karo kanca liyané, Daniyah nggléthak ing paturoné. Atiné nyoba ngéntha-éntha, apa sing bakal kelakon ing dina-dina candhaké.

Rasané kaya ngimpi baé laku uripé Daniyah. Mung ing pétungan dina, ora genep cacahing driji, pepesthèning urip nglantaraké Daniyah saka désa ing sikiling gunung Merapi, saiki tekan kampus sekolah sing onjo, kepara méwah, ing tlatah Prambanan. Nanging, Daniyah babar pisan durung duwé gambaran, kaya ngapa uripé bésuk ing dina-dina candhaké. Kabèh isih sarwa peteng klawu.

Daniyah banjur kèlingan bapak, simbok, lan Danang, adhiné. Teteluné mati kanthi cara sing banget gawé nggrantesing ati. Kobong gosong, ora wujud kaya manungsa. Isih begja, ana priyayi sing gelem nulungi Daniyah. Ora krasa, luhé Daniyah mbrebes mili.

Daniyah wis ora duwé sanak kadang ing alam donya iki. Nanging Daniyah banjur kèlingan, nalika pakdhé-né isih urip, ya malah pakdhéné kuwi yang nyahak bagéyané bapakné. Pak Dalija dadi kaya tuna wisma ing désané dhéwé. Begja kemayangan Lurah Sasra Sudira paring palilah, Pak Dalija dikeparengaké gawé omah *darurat* mapan ing lemah kas désa. Daniyah unjal ambekan landhung.

Sing sejatiné uga ngreridu ati, dhèwèké saiki dadi tanggungané Radèn Mas Prasaja. Prasaja kuwi sapa? Omahé ngendi? Pakaryané apa? Embuh! Daniyah babar pisan ora ngerti lan ora kenal. Wong apik apa wong culika? Ketemu ya lagi ésuk iki mau. Nanging ora ana pilihan liya tumrap Daniyah, kabèh mung kudu dilakoni, nuhoni dhawuhé Pak Lurah Sasra Sudira sing njaluk dipracaya, sing sasuwéné iki pancèn wis ngayomi kluwargané.

Dhèwèké mung kudu tansah ndedonga, muga-muga baé ketemu karo wong-wong sing utama lan asipat satriya.

*

Daniyah miwiti urip anyar. Mapan ing asrama putri MPBS, sing kebak pranatan. Manéka werna tata tertib lan wewaler digawé, supaya bocah-bocah bisa sinau kanthi tentrem lan tenang. Aja nganti amarga akèh kancané malah njalari lali sinau, ketungkul dolanan lan gegojègan.

Ana jam-jam tinamtu, kabèh bocah kudu ana ing jero kamar, lan ana wektuné, kapan para siswa kudu ulah raga. Ana jam-jam, kapan para siswa dikeparengaké nampa tamu, lan ana jam-jam kapan dikeparengaké metu saka asrama. Kabèh ditata, supaya bisa nyiptakaké swasana sing kepénak tumrap para siswa, supaya bisa sinau lan ajar saliring rèh kanthi becik.

Wayahé umbar dina candhaké, Daniyah menyang toko koperasi sekolah, tuku samubarang kebutuhan padinan, kayata: sabun, sikat gigi, shampo, odhol, lan sapanunggalané. Wingi, Dènmas Prasaja wis maringi dhuwit kontan, sing sawetara cukup kanggo tuku kabutuhan padinan. Daniyah ora perlu mikir mangan, amarga wis dicepaki saka asrama.

Rong dina candhaké manèh, Daniyah ditimbali Bu Raras ing kantoré. Ana gerji sing arep ngukur awak kanggo njait sragam sekolah. Pinangka siswa anyar, Daniyah durung duwé sragam, klebu sragam pramuka. Kang dadi pikirané Daniyah, kabèh iki sing mbayari Dèn Mas Prasaja? Yèn diétung, saiba akèhé utangé Daniyah marang Dèn Mas Prasaja. Kang mangka, iki prasasat lagi wiwitan. Embuh mengkoné tekan sepira?

Sepuluh dina candhaké manèh, Daniyah ditimbali Bu Raras ing kantoré. Ing kono wis ana Prasaja. Bu Raras banjur masrahakaé klambi sragam rong setèl klebu topi lan dhasiné, uga sragam pramuka sapengadeg. Daniyah kaya ora pracaya marang apa sing dumadi.

"Wong sing lagi dikenal kuwi ngragadi sekolah, nyangoni dhuwit, ngragadi gawé klambi saragam. Gedhé banget kawigatèné marang aku," uni batiné Daniyah. Tanpa sadhar, ing atiné Daniyah tuwuh rasa ngungun lan memuja marang Prasaja.

Malah, dina iku uga Daniyah diajak menyang kantor bank sing mapan ing komplèk kampus MPBS, saperlu mbukak rekening bank. Kanthi mangkono, Prasaja ora kudu teka ngeteri dhuwit kontan, nanging cukup *transfer*. Sangsaya-saya gumuné Daniyah marang wong sing durung genep sewulan dikenal kuwi.

"Daniyah biyèn wis tau duwé simpenan dhuwit ing bank, apa durung?" pitakoné Prasaja.

Daniyah mung gèdhèg.

"Daniyah bisa kekandhan apa ora?"

Daniyah manthuk.

"Yèn ngono, wangsulana pitakonku aja mung manthuk."

"Dèrèng."

"Nah, ngono. Ora trapsila lan kurang netepi tata-krama, yèn ditakoni uwong, kok mung manthuk utawa gèdhèg. Kejaba yèn pancèn bisu, ora bisa omong. Kowé ora bisu, ta?"

Daniyah ndhingkluk, kaya arep nangis.

"Iki ... Daniyah dak-cepaki dhuwit ing bank. Tabungan nganggo jenengku, supaya aku bisa ngecèk sisa dhuwit sing isih ana ing bank. Yèn butuh dhuwit, Daniyah bisa njupuk ing ATM cedhak asrama. Iki kertu ATM daktinggal kanggo kowé. Nanging wanti-wanti aja nganti ilang utawa digunakaké déning wong liya."

"Inggih, Pak."

"Mangkonoa, aku ora bisa ngisi dhuwit akèh. Mula, dak-jaluk tetep-a urip prasaja, aja aèng-aèng. Aku dudu wong sugih brèwu," kandhané Prasaja.

"Inggih, Pak."

Prasaja lan Daniyah lungguh ing kursi, nunggu rampungé nyithak ATM. Ketungka tekané siswa putri loro kancané Daniyah uga menyang bank.

"Hai Daniyah!"

"Hai!" wangsulané Daniyah, lirih.

"Ngapa, Kowé?"

"Iki, mbukak rekening. Lha, kowé arep ngapa, Wartini?"

"Biyasa ... njupuk dhuwit," wangsulané Wartini. Wartini banjur takon lirih, "Kuwi bapakmu, ya? Kok isih enom banget?"

Daniyah tolah-tolèh bingung, arep wangsulan kepriyé. Tangèh lamun dhèwèké crita apa anané. Kejaba dawa critané, péndah kaya ngapa mengko tanggapané kanca-kanca marang dhèwèké.

Nanging Prasaja sing krungu pitakonan kuwi banjur mangsuli, "Aku kangmasé Daniyah. Jenengku Prasaja."

"Oh, nggih!" Warsini kagèt, kok sing mangsuli malah wong ing buriné, wong sing ditakokaké. Wartini dadi isin banget.

Bocah loro malah banjur nolèh, namataké praupané Prasaja. Sawusé njupuk nomer antrian, Wartini lan kancané lungguh ing sandhingé Daniyah. Bocal telu jenak ngobrol lirih-lirih ngrembug manéka werna perkara sekolah.

-0-

Kosa tembung:

Surasané = *maksudnya;*
paugeran = *peraturan;*
nerak = *melanggar;*
wewaler =*larangan;*
umbar = *istirahat pelajaran;*
silih = *saling;*
nggrantes = *pedhih;*
nyahak = *mengambil hak orang lain dengan cara curang;*
ngreridu = *mengganggu;*
culika = *jahat;*
saliring rèh = *segala sesuatu;*
gerji = *tukang jahit;*
dat = *zat;*
prawan sunthi = *remaja putri kecil yang belum menstruasi.*

05. KANGEN DÉSA

Kabèh wis rampung urusané. Sadurungé ngeterake bali, Prasaja ngajak Daniyah lan kancané loro, mangan bareng ing warung cedhak kantor bank. Ing kono ana warung *ayam gorèng krispi* sing saiki lagi digandrungi para nomnoman. Malah ora mung nomnoman, bocah cilik lan wong tuwa uga akèh sing seneng. Kang mangka ujaré wong-wong, panganan iki klebu kurang séhat. Kejaba kakèhan lemak – ya saka lenga sing kanggo nggorèng lan saka ayamé dhéwé – uga kurang dat serat.

Prawan sunthi telu padha jenak mangan awan sinambi cecaturan. Malah Prasaja sing kijènan kaya wong ilang.

*

Daniyah wiwit nglakoni uripé ing pondhokan. Ing MPBS, Daniyah ngayahi sekolah umum lan sinau bab agama Islam kanthi tumemen. Jam sepuluh bengi kudu wis mapan turu lan jam telu ésuk wis kudu tangi. Dina-dina ditanjakaké kanggo sinau lan ngaji. Daniyah klebu bocah sing lantip. Mula ora mokal, Daniyah dadi bocah sing pinunjul.

Pesené Prasaja, Daniyah kudu kekandhan kanthi lésané, ora mung manthuk utawa gèdhèg, kaya isih keprungu mbrengengeng ing kupingé. Sanadyan ora akèh guneme, nanging Daniyah wis gelem kekandhan, saora-orané mangsuli pitakonan. Mliginé manèh yèn karo kanca-kancané sekolah sing sapantaran.

Wiwit munggah kelas loro SMP, Daniyah uga mèlu gladhèn qiraah. Malah nalika dianakaké sayembara *Tilawatil Qur'an*, mligi kanggo siswa lan mahasiswa MPBS, Daniyah bisa nggayuh juwara loro. Kanthi prèstasi kuwi, njalari Daniyah sangsaya sengkud lan semangat anggoné sinau lan ngaji.

Nyumurupi tuwuh lan kemajuwané Daniyah, ya ing babagan ngèlmu umum lan uga ngèlmu agama, Prasaja dadi mongkog. Ora muspra, dhèwèké wis mbudi-daya supaya bisa mbiyantu Daniyah. Tanpa sadhar, ing atiné sing jero tuwuh wiji tresna marang Daniyah, sanadyan yektiné Daniyah iku isih kepétung prawan kencur.

Sanadyan mèh mesthi ana *saldho* dhuwit simpenané ing bank, Daniyah tetep urip pasaja, ora leluwihan lan ora néka-néka. Bokmenawa dhèwèké ya rumangsa yèn dibantu wong liya sing dudu sanak dudu kadang. Aja nganti katon ana pasemon 'kemaruk', mumpung ana sing nyembadani.

*

Udakara rong taun candhaké. Wayah awan, panasé srengéngé sumelèt. Apa manèh ing wektu sing pungkasan iki, maceté lalu-lintas ing kutha Ngayogya sangsaya nemen. Ciyuting dalan lan akèhé tetumpangan, njalari kendharaan prasasat ora bisa mlaku. Isih ditambah manèh, akèh wong sing bebakulan ing sapinggiring dalan, gawé dalan krasa sangsaya sumpek.

Prasaja lagi baé bali saka rumah sakit, ndhèrèkaké ingkang ibu *kontrol*. Wis sauntara wektu R.Ngt. Hargarini nandhang gerah jantung. Ana telu *ring* sing kudu dipasang ing ragané. Dadi kahanan ragané pancèn wis ringkih banget. Embuh ngepasi krasa lara utawa ora, saben sewulan sepisan kudu kontrol menyang rumah sakit.

Mobil mandheg ing kuncungan dalem pendhapa, nanging mesin ora dipatèni. Prasaja mudhun, nuli muteri mobil lan mbukak lawang kanggo ibuné. Kanthi sarèh lan kebak rasa tresna asih, Prasaja nuntun lan nglawani ibuné munggah undhak-undhakan pendhapa. Katon yèn Prasaja gemati banget marang ibuné.

"Kowé arep menyang endi, iki wis awan, lho?" ngendikané Bu Hargarini.

"Badhé dhateng Balérante, Ibu. Wonten rembag kaliyan pak lurah ingkang dèrèng rampung. Punapa ibu wonten dhawuh, sadèrèngipun kula bidhal?"

"Iya, ibu ana rembug. Ning mangan-a dhisik."

Prasaja nglenggahaké ingkang ibu ing kursi resban pendhapa, nuli matur, "Wonten dhawuh punapa, Ibu?"

"Kowé kuwi saiki wis umur nemlikur taun. Wis wayahé omah-omah tumrap priya. Apa manèh, ibu tansah lelaranen kaya ngéné. Aja nganti ketrucut. Tegesé, aja nganti ibu dipundhut Gusti Allah, ora bisa menangi mondhong putu. Kang mangka anakku ya mung loro lanang kabèh, kowé tiba pambarep. Karo manèh, sawetara dina kepungkur pamanmu Jaya Sentika wis rawuh mréné. Gampangé rembug, nagih janjiné swargi ramamu biyèn anggoné nedya bésanan, dhaupmu karo Puspitasari," Bu Hargarini ngendika lirih, soca tansah mriksani putrané kinasih kuwi.

Prasaja lunggguh njegreg, unjal ambekan dawa. Kaya-kaya wis ora bisa sélak manèh saka pangrasané dhéwé, yèn yektiné tresna marang Daniyah. Prawan kencur saka ndésa ing pèrènging Gunung Merapi. Ora krasa, kanyata wiji tresna sing ora nemaha ditandur iku, malah tuwuh ngrembaka. Kosok baliné, wiji tresna marang Puspitasari, sing digadhang bisa tuwuh bareng karo lakuné wektu, ora bisa dadi kasunyatan. Pikirané dadi mangro tingal. Yèn nuruti ati, mesthiné nikah karo Daniyah, sanadyan bocahé isih kepétung cilik. Nanging kanthi mangkono bakal nglarani atiné ingkang ibu. Yèn ndhèrèk dhawuhé wong tuwa, ateges nyélaki pangrasané dhéwé. Prasaja isih bingung.

"Kepriyé, Prasaja? Kok malah njegreg kaya reca watu."

"Ibu ...!" Prasaja unjal ambekan manèh. "Ibu ... nyuwun pangapunten. Èstunipun dèrèng wonten niyat ing manah kula badhé émah-émah. Nanging menawi adreng dhawuhipun ibu, kula badhé nyuwun inah. Kadospundi menawi anggèn kula dhaup kaliyan Dhiajeng Puspitasari, sasampunipun taman Balérанté rampung kabangun, Ibu?"

Bu Hargarini ora énggal wangsulan, pandulu tumuju mripaté Prasaja, "Lha ... gèk pirang wulan?"

"Bokmenawi udakawis kalih utawi tigang warsa, Ibu."

"Rong taun ... telung taun? Lha apa aku isih urip wektu kuwi ya, Prasaja?"

Prasaja ora bisa atur wangsulan. Sirah tumungkul, krasa yèn yekti wis gawé cuwa penggalihé ingkang ibu.

Sawisé wong loro meneng sauntara wektu, Bu Hargarini ngendika, "Ya wis ... kana yèn arep menyang Balérанté. Sing ngati-ati, ya. Rembug iki durung gembleng, mengko liya wektu dirembug manèh."

Prasaja nuli ngadeg lan nyedhaki ibuné, ngambung pipi kiwa tengen, lan pungkasané ngambung astané sing wis katon pating jengkerut merga sepuh lan kuru.

Kanthi ati rada gela, priyayi sepuh kuru kuwi nguntapaké lungané putra kinasih. Yektiné, Prasaja klebu bocah sing mbangun miturut marang wong tuwa, dudu bocah sing wangkal. Solah bawa lan tindak tanduké uga ndemenakaké. Mung ing perkara siji iki baé, Prasaja rada angèl dirembugi, sanadyan ya ora nulak babar pisan.

*

Wektu limang taun luwih sethithik, ora krasa lumaku cepet. Saiki Daniyah wis lulus SMU, sedhéla manèh bakal tumapak mlebu pawiyatan luhur. Wektu kang sela amarga liburan dawa, njalari Daniyah ing pondhokan ngrasakaké sepi. Kanca-kancané padha bali mulih menyang omahé dhéwé-dhéwé. Sawetara Daniyah, ora duwé omah kanggo jujugan. Lailatun bali menyang Utan Rhee, sawijining désa cilik ing Kabupatèn Sumbawa, Nusa Tenggara Barat. Zakiyah bali menyang kutha Sumenep ing Pulo Madura, lan Siti bali menyang Girilaya, Imogiri. Ing kamar, Daniyah ijèn dhéwé ora ana kancané.

Ing kahanan sepi, dumadakan tuwuh rasa kangen marang kahanan désané, ing sikiling gunung Merapi kana. Kèlingan nalika gegojègan karo kanca-kancané ngaji ing langgaré mbah kaji Kerta. Kèlingan nalika dolanan dakon utawa jèthungan rikalané padhang mbulan. Uga kèlingan marang Danang, adhiné, lan wong tuwané loro, sing ninggal salawasé tanpa wekas lan pitungkas. Ora krasa, luh dumlèwèr ing pipiné. Daniyah nangis kamisesegan, nganti keturon amarga kesel anggoné nangis.

Ora nyana babar pisan, udakara jam sanga ésuk dina candhaké Prasaja teka ing asrama siswa MPBS. Kaya biyasané Daniyah wis reresik kamar lan awaké. Nalika

Daniyah metu menyang ruwang tamu, mripaté isih njendhul katon yèn bubar nangis.

"Ana apa mripatmu kok njendhul, katon yèn bubar nangis?" pitakoné Prasaja.

Daniyah ora wangsulan, sirahé ndhingkluk rainé didhelikaké kaya emoh nuduhaké sedhihé marang Prasaja.

"Wangsulana pitakonku, aja mung meneng baé," kandhané Prasaja manèh.

"Kula kangen bapak, simbok, kalih adhi kula."

"Oh ...! Ya ... ora mokal," wangsulané Prasaja karo unjal ambekan landhung. Wis limang taun luwih Daniyah mapan ing pondhokan, nanging lagi saiki nalika lulus SMU, nélakaké yèn kangen marang bapa biyung lan adhiné, sing wis tilar donya amarga kobongan omahé. Atiné Prasaja dadi mèlu sumedhot.

"Kanggo tamba kangen, kepriyé yèn Daniyah saiki dolan menyang désamu kana? Malah bokmenawa bisa ngiras nyekar lan kirim donga kanggo wong tuwamu loro lan adhimu."

"'Nggih, Dèn Mas. Kula purun." Daniyah meneng sedhéla, nuli kandha manèh, "Sekaliyan kula badhé matur, Dèn Mas."

"Arep matur bab apa?"

"Rèhning sampun lulus SMU, kula ajeng pados pedamelan, Dèn Mas. Niyat kula badhé ajar gesang, boten namung gumantung pitulungan panjenengan utawi tiyang sanès."

Prasaja manther mandeng Daniyah, tutuk-é mlongo. "Lho ... durung perlu, Daniyah. Prayoga yèn saiki Daniyah fokus sekolah. Ora usah mikir nyambut gawé dhisik. Éman-éman yèn mandheg anggonmu sekolah, amarga bijimu apik-apik. Sapa ngerti, sekolahmu bisa dadi sarana kanggo nggayuh impèn ing uripmu sing bagya mulya."

"Nanging kula boten sekéca, Dèn Mas. Kok tansah damel répot. Saèstu kula ngaturaken agunging panuwun ingkang tanpa pepindhan, déné Dèn Mas Prasaja sampun prasasat paring gesang dhateng kula. Nanging ... bokmenawi sampun dumugi titi wancinipun kula kedah miwiti gesang mandhirèng pribadi, Dèn Mas."

"Ora!" wangsulané Prasaja tandhes, teges. "Daniyah kudu nerusaké sekolah nganti lulus pawiyatan luhur. Fakultas apa, jurusan apa sing kok-pilih ... sakarepmu? Aku isih saguh nggolèkaké dhonatur kanggo ngragadi ko ...," dumadakan Prasaja ngendheg kandhané. Daniyah saiki wis mahasiswa, rasané kok wis ora pantes yèn Prasaja mung nyebut 'kowé'. Bokmenawa prayoga nyebut 'sliramu'.

-0-

Kosa Tembung:

Ngayahi = *menjalani;*
ditanjakaké = *dihabiskan;*
qiraah = *membaca Qur'an dengan dilagukan;*
jèthungan = *petak umpet.*

06. MENYANG DÉSA

Daniyah mung bisa tumungkul. Atiné trenyuh lan sumedhot, krungu Prasaja kandha kaya ngono. Kok isih ana priyayi sing apik-é kaya ngono. Dudu sanak dudu kadang, nanging ora owel ngetokaké ragad kanggo dhèwèké. Mripaté krasa anget, luh dumlèwèr ing pipiné sing ndurèn sajuring kuwi.

"Wis, saiki gagé ndang tata-tata. Aja lali pamit marang ibu kepala asrama."

"Inggih, Dèn Mas."

Kok kaya tiba kepeneran. Wiwit sekawit, Prasaja pancèn ana niyat ngajak Daniyah menyang Balérante, cedhak désané biyèn, arep nuduhaké papan plesiran *Balérante Merapi Park* utawa Taman Wisata Balérante, sing wis kasil dibangun ing sajroné telung taun. Pancèn durung rampung kabèh, nanging wis katon éndahé, wis bisa kanggo sarana dolan lan nglelejar ati. Sanadyan ora péngin pamèr, nanging ing jroning ati kang jero, tetep ana rasa mongkog lan péngin nuduhaké asil karyané marang sapa baé. Apa manèh marang Daniyah, prawan kencur sing meneng-meneng dadi pepujaning ati kuwi. Uga, kaya péngin 'nawakaké' papan plesir kuwi supaya akèh sing padha plesir menyang taman Balérante.

Ya lagi sepisan kuwi Prasaja ngajak Daniyah metu saka pondhokan. Pak Tarja, supiré Prasaja, rada bingung. Wis rada adoh metu saka kampus MPBS, nanging juragané durung paring dhawuh arep tindak menyang endi. Apa menyang kantor ing jalan kadipaten, utawa menyang proyèk pomahan ing Kalurahan Solodiran, Manisrengga, utawa menyang proyèk papan plesiran ing Balérante.

"Nuwun sèwu, Dèn Mas. Punika badhé tindak pundi, Dèn Mas?" pitakoné Pak Tarja.

"Oh, iya ... menyang Balérante, Pak Tarja. Njujug dalemé Pak Lurah Sasra Sudira baé ya, Pak," wangsulané Prasaja karo ngguyu.

Prasaja pancèn rumangsa kikuk lan èwuh, banjur lali kandha marang Pak Tarja, arep lunga menyang endi. Sing njalari Prasaja kikuk, ya amarga lelungan karo Daniyah iki. Ana rasa kuatir ing atiné. Ibuné bisa salah tampa, dikira Prasaja wis mbangun tresna karo kenya liya sing dudu pilihané, banjur gerahé jantung ingkang ibu bisa kumat.

Saka dalan Piyungan-Prambanan, mobil ménggok nengen nurut dalan Solo. Setasiun Prambanan ménggok mangiwa nurut dalan arah Manisrengga. Nalika mobilé Prasaja tekan omahé Lurah Sasra Sudira, Maryati sing nemoni. Pak lurah wis tindak menyang kelurahan.

"Bapak sampun tindak kalurahan, Dèn Mas," aturé Maryati marang Prasaja.

"Oh, ya ora apa-apa. E ... ngéné, Maryati. Yektiné aku arep njaluk tulung. Yèn Maryati pinuju ludhang, kancanana Daniyah nyekar menyang pasaréan kluwargané. Mengko yèn wis rampung, bali menyang taman Balérante waé, ya."

"Oh, nggih, Dèn Mas," wangsulané Maryati. Mesthi baé Maryati seneng banget, yèn dikongkon ngancani Daniyah dolan ing *Balérante Merapi Park*. Yèn bareng Daniyah, apa manèh ana Dèn Mas Prasaja, mesthi mlebuné ora mbayar, malah kepara dijajakké. Kang mangka yèn mlebu dhéwé, Maryati kudu mbayar, kejaba yèn pas ketemu Dèn Mas Prasaja.

Ing taman Balérante ana manéka-warna dolanan. Ana dolanan sing kanggo bocak cilik, kayata: bandhulan, plorodan, jungkat-jungkit, *mandi bola*, lan liya-liyané. Uga ana dolanan sing kanggo umum, kayata: *jeep adventure*, *gantholé*, *flying fox*, lan liya-liyané. Uga ana kebon raja mini, mung isi kéwan-kéwan sing pakanané suket godhong.

Wong papat nuli budhal menyang kantor proyèk taman Balérante. Sawisé ngudhunaké Prasaja, Pak Tarja banjur ngeteraké Daniyah lan Maryati menyang pasaréan désa. Papané pancèn rada adoh saka taman Balérante.

Sanalika Daniyah nangis gero-gero nalika nyumurupi pasaréané wong tuwané loro lan Danang adhiné. Ora bisa digambarake kaya-ngapa sumedhot lan keranta-ranta atiné Daniyah. Daniyah ya mung duwé kluwarga telu kuwi, saiki teteluné wis dipundhut déning Gusti Allah SWT ing wektu sing padha, lan kanthi cara sing ora lumrah, kobong. Kuwandha teteluné kobong gosong, sasat wis ora bisa dikukup manèh.

Gandhèng Daniyah ora nyepakaké kembang, dhèwèké banjur golék kembang saanané ing sa-kiwa-tengen pasaréan. Ana kembang telang, telasih, tapak dara, lan liya-liyané. Daniyah nuli ngunjukaké donga pamuji marang Gusti Allah SWT, mug-muga kabèh dosa wong tuwané loro lan adhiné bisa antuk pangapura. Mangkono uga muga-muga arwahé kapapanaké ing swarga loka kang kebak kanikmatan.

Rada sauntara Daniyah ungkeb-ungkeb ing kuburan bapa biyungé. Pak Tarja lan Maryati mèlu sumedhot weruh kahananė Daniyah. Sawisé Daniyah tutug anggoné ngesokaké sanggan batin sing pancèn abot, wong telu nedya tumuju kantor Taman Wisata Balérante. Praupané Daniyah katon rada padhang sumringah.

Ing jero mobil Daniyah kandha, "Pak Tarja. Menawi kula nyuwun tulung dipun-eteraken dhateng reruntuhan griya kula, kadospundi nggih, Pak?"

"Oh, nggih, Mbak. Kula dhèrèkaken," wangsulané Pak Tarja.

Kanthi pituduhé Maryati, mobil nuli muter balik tumuju lemah kas désa cedhak kantor kalurahan. Ing dalan, Daniyah meruhi wong-wong désa sing lagi panèn pari. Daniyah njaluk supaya mobil diendhegaké. Daniyah nuli mudhun saka mobil, nyopot sepatuné, lan mlaku turut galengan tumuju wong-wong sing lagi ani-ani. Maryati sing ana ing jero mobil gumun ngungun, ngira-ira apa sing arep ditindakaké Daniyah.

Wong-wong désa padha gumun, généya ana kenya ayu nyedhaki papan panggonané ani-ani. Kabèh wong padha nggatèkaké Daniyah, mripaté sasat ora kedhèp. Ora ana siji baé wong sing kenal marang Daniyah.

"Nuwun sèwu, Dèn Ayu. Wonten betah punapa déné panjenengan kok medhak mriki. Mangké rasukan panjenengan reged lho, Dèn Ayu."

Daniyah ngguyu sanadyan tanpa swara, banjur kandha, "Ibu-ibu pangling dhateng kula, nggih? Kula Daniyah, anakipun Pak Dalija bakulé suket."

Ora sadhar, kabèh wong sing lagi ani-ani dadi mandheg, lan maspadakaké Daniyah. Panduluné sajak kaya ora percaya yèn kenya ayu kuwi Daniyah anaké Dalija bakulé suket. Sawetara wektu sepi ora ana sing kekandhan, kamitenggengen.

"Owalah ... lha saiki katon ayu biyanget ... dadi manglingi," kandhané salah siji wong sing mèlu ani-ani.

Isih karo mèsem, Daniyah banjur nyilih ani-ani lan nyoba matrapaké. Daniyah uga nyoba mbabat damèn. Kanyata Daniyah isih trampil, ora lali marang gawéyané wong désa. Wong-wong désa kuwi isih gumun ngungun sajak ora percaya.

"Yèn ngono dak-jabel basaku. Aku dak-takon, Nok. Terus ... saiki iki kowé kuwi manggon ana endi, Nok? Kok kaya ora tau weruh ing désa kéné?" pitakoné salah sawijining ibu.

"Wonten Prambanan, Bu."

"Prambanan? Lha, omahé sapa, Ndhuk?"

"Wonten asrama sekolah kok, Bu."

"O ... ngono, pantes, kok kaya ora tau katon."

Akèh prakara sing ditakokaké déning para ibu sing ani-ani. Begjané, ora ana siji baé sing nakokaké bab ragad. Saupama ditakoni, Daniyah mesthi bingung anggoné wangsulan. Ing atasé dudu sanak dudu kadang, ketemu pirang prakara Prasaja gelem ngragadi Daniyah.

Sawisé sauntara cecaturan karo wong-wong désa kono, Daniyah nuli nerusaké laku. Saiki praupané Daniyah sangsaya katon luwih padhang lan sumringah manèh.

Nalika tekan lemah kas désa sing ana reruntuhan omahé sing kobong, Daniyah unjal ambekan landhung wola-wali. Nanging atiné wis tatag, ora ana tangis kang kawetu manèh. Wis ora katon reruntuhan omahé Daniyah biyèn, marga lemah wis dadi kebon woh-wohan. Ora suwé ing papan kono, wong telu nuli tumuju *Balérranté Merapi Park* utawa BMP, utawa Taman Wisata Balérranté.

Maryati lan Daniyah wis tekan taman Balérranté. Kenya loro gya mlebu gapura, tumuju lokèt arep tuku karcis. Nanging *petugas* lokèt karcis ora ngladèni, malah manggakaké Daniyah lan Maryati terus mlebu. Bocah loro deleng-dineleng.

"Ora apa-apa, Dan. Bokmenawa Dèn Mas Prasaja wis dhawuh marang pegawéné, yèn awaké dhéwé ora perlu mbayar. Lha ... taman Balérranté iki rak kagunganė Dèn Mas Prasaja, ta?" kandhané Maryati marang Daniyah karo ngguyu.

"O ... taman iki kagunganė Dèn Mas Prasaja, ta?"

"Iya, lha mosok lagi ngerti? Ning priyayiné ya apikan, kok. Loma, ora medhit, lan seneng tetulung."

"Iya ... yèn bab kuwi, aku dhéwé wis ngrasakaké, Mar. Piyambaké kuwi prasasat sing maringi 'nyawa' marang aku."

"Ateges, kowé kuwi rak asring srawung ta, Daniyah? Lha ... apa kowé ora kepéncut, Dan? Wis sugih nderbala, bagus gagah pideksa, gèk priyayiné ya apikan pisan. Kurang kepriyé?"

"Hé hé ... yèn kuwi ... arep ngimpi waé, ora wani, Mar. Kodhok kok arep nggayuh lintang. Rak ya tangèh lamun kelakoné, ta? Aku iki sapa, piyambaké kaé sapa," wangsulané Daniyah mèsem kecut. Yèn Daniyah gelem ngakoni isi atiné kang jero, yektiné pancèn ana rasa tresna lan memuja marang Dèn Mas Prasaja.

"Ya, aja langsung mopo ngono kuwi, Dan. Jeroning kedhung isih bisa digagapi. Nanging jeroning ati ... sapa sing ngerti?"

Daniyah mung mèsem, ora wangsulan. Nomnoman loro nuli nerusaké laku. Siji baka siji sanadyan mung sedhéla, kabèh 'wahana' sing ana ing Taman Balérranté, dicoba. Praupané Daniyah sangsaya katon sumringah. Èsem sing pancèn manis tansah sinungging ing lambé kang nggula satemplik kuwi. Kaya-kaya panandhang sing sasuwéné iki sinandhang wis ilang saka jiwa lan ragané.

Nalika prawan kencur loro kuwi nedheng jenak nonton bocah-bocah cilik sing dolanan ing wahana *trampolin,* Daniyah ngrasakaké kaya ana sing nyalawadi. Wiwit mau nalika mlebu ing gapura lokèt, Daniyah krasa kaya ana sing tansah ngawasi dhèwèké. Embuh, iku mung rumangsané Daniyah, apa ya pancèn bener ana sing tansah ngawasi?

-0-

Kosa tembung:

Nglelejar ati = *menghibur hati;*
pepujan = *pujaan;*
ngesokaké sanggan = *melepaskan beban;*
ani-ani = *menuai padi;*
gumun ngungun = *heran sekali;*
kenya = *gadis;*
sugih nderbala = *orang kaya, yang kekayaanya terus bertambah;*
mopo = *menyerah.*

07. PLESIRAN

Daniyah nyedhaki Maryati, karo kandha, "Mar ... aku kok krasa kaya ana sing ngawasi awaké dhéwé, ya?"

"Endi? Sapa?" wangsulané Maryati sinambi nolèh nggolèki uwong sing dikarepaké Daniyah.

"Ya aja nolèh. Aja kétok menawa awaké dhéwé wis ngerti yèn diawasaké. Kaé lho! Ing buriné awaké dhéwé sisih tengen. Nganggo klambi kotak-kotak abang lan masker ijo, rambut gondrong, ing tangan ana tato-né," kandhané Daniyah bisik-bisik.

Mak 'nyat', Maryati gya ngadeg lan nolèh arah papan sing dikarepaké Daniyah. Nanging ora ana uwong kaya sing digambaraké Daniyah. Sajaké wong mau ngerti yèn sing diawasi wis rumangsa, nuli ngilang. Utawa, aja-aja Daniyah mung kétok-kétok-en.

Maryati nolèh ngiwa nengen nggolèki, nanging wis ora katon manèh. Maryati lan Daniyah nuli nerusaké laku dolan mubeng-mubeng ing BMP. Isih ana siji papan sing durung ditekani, yaiku kebon raja cilik. Nanging sadurungé mrana, bocah loro padha mandheg ing warung lotèk lan gadho-gadho sing ana ing jeron wewengkon Taman Wisata Balérante. Daniyah mangan gadho-gadho, déné Maryati mangan lotèk. Nanging nalika arep mbayar, bakulé emoh dibayar, ujaré wis dibayar déning Dèn Mas Prasaja.

Rampung mangan awan, bocah loro nuli tumuju kebon raja cilik. Papan sing paling disenengi Daniyah, ya kebon raja iki. Ing kono ana manéka warna kéwan, sanadyan mung winates kéwan-kéwan sing pakanané ramban, suket, utawa gegodhongan. Kayata: truwèlu, manéka warna jinis wedhus, rusa, kidang, lan sapunanggalané.

Wengi kuwi Maryati ngajak Daniyah nginep ing omahé. Daniyah gelem, ning kudu matur Dèn Mas Prasaja luwih dhisik. Prasaja banjur nilpun pak lurah, nyuwun idi palilah lan ndhèrèk titip Daniyah nginep ing dalemé.

Wayahé arep adus soré, Maryati digawé kagèt. Ing kranjang wadhah sandhangan reged, Maryati ndeleng klambi sing ngélingaké marang kandhané Daniyah ing taman Balérанté mau. Daniyah rumangsa ana uwong sing tansah ngawasi, nganggo klambi kothak-kothak abang. Ana pitakonan ing atiné Maryati. Apa uwong sing ngawasi mau pancèn Martoyo, kakangné?

Atiné Maryati dadi gorèh lan trataban. Yèn sing ngetutaké lan ngawasi ing taman Balérанté awan mau pancèn kakangné, ateges bener kandhané Daniyah. Nanging ana maksud apa kakangné tumindak kaya ngono? Maryati mangu-mangu.

"Mas! Mau awan dolan menyang taman Balérанté, pa?" pitakoné Maryati marang Martoyo, nalika kepeneran pethuk gathuk ing ruwang tengah.

"Iya. Kenang-apa?"

Maryati glagepan, kepatèn ukara. Lha wis diakoni déning Martoyo, banjur arep ngapa?

"Ya, ora apa-apa. Mung takon waé. Aku mau karo Daniyah, uga dolan menyang taman Balérанté. Saka kadohan kok kaya weruh blegeré uwong sairib Mas Martoyo. Jebul bokmenawa pancèn bener."

"Lha, yèn mung dolan menyang taman Baléranté, aku prasasat saben dina, Ti ... Yati. Tur manèh ora tau mbayar, wong sing jaga kaé kabèh bala-ku. Kabèh teluk marang aku!"

"Ih, kumalungkung! Dumèh diwedèni kanca-kancané. Aja-aja kowé pancèn ngedir-dirakė dumèh anaké lurah? Ora apik, ngono kuwi, Mas!"

"Loh? Kumalungkung kepriyé ta, Maryati. Lha, kuwi rak kasunyatan? Kok diarani kumalungkung. Yèn aku kandha putrané pak lurah, apa aku goroh? Rak ora, ta?"

"Pancèn ora goroh, Mas. Nanging yèn kandha ngono, merga bèn gratis lé mlebu taman Baléranté, bèn cepet lé antri, bèn murah yèn jajan, lha kuwi dadi ora apik. Kuwi jenengé dir-diran."

"Walah! Wong nyatané sasuwéné iki ya ora ana masalah, kok. Kowé waé sing mikiré ribed."

Ana rasa kuwatir ing atiné Maryati. Yèn wong sing ngetutké awan mau pancèn Martoyo, aja-aja kakangné kuwi duwé niyat ala marang Daniyah. Kanggo pangati-ati, Maryati malah banjur mbudi daya kanthi cara alus, supaya Daniyah énggal bali menyang asrama, aja kesuwèn ing omahé.

Martoyo pancèn brangasan lan seneng nggugu karepé dhéwé. Gawéané dolan sing ora karuwan dunungé. Malah kadhang kala mendem tuwak bareng kanca-kancané. Lulus SMU wis ora gelem sekolah manèh, trima dadi 'juragan' pasir ing kali Géndhol. Sing diarani 'juragan' yektiné mung njupuk bathi anggoné ngedolaké pasir saka wong-wong sing golèk wedhi. Nanging wong-wong sing golèk wedhi lan supir truk ya padha manut amarga wedi, utawa wis kabacut duwé utang marang Martoyo.

Pak Lurah Sasra Sudira kaya-kaya wis kentèkan akal lan ukara anggoné ngandhani anaké lanang. Yèn karepé mono ya didhawuhi terus sekolah, nanging Martoyo panggah baé wangkal. Pak lurah dadi sedhih lan isin. Ing atasé putra lurah, nanging ora bisa dadi tepa tuladha tumrap nomnoman liyané.

Wayah wengi, bocah loro isih jenak kekandhan ing kamaré Maryati. Daniyah nakokaké kahanan sekolahé biyèn, lan uga nyritakaké papan sekolahé ing Prambanan.

"Ngomong-omong, kowé arep neruské kuliyah menyang endi, Daniyah?"

Daniyah meneng sauntara, lagi wangsulan.

"Jan-jané ... aku 'ki arep golèk gawéyan, Mar. Ora péngin kuliyah, ngrumangsani yèn ora duwé ragad. Ora kepénak banget, sasuwéné iki dibantu déning Dèn Mas Prasaja, sing dudu 'apa-apa'-ku. Kang mangka, kuliyah kuwi rak larang ragadé ta, Mar? Nanging nalika aku matur, Dèn Mas Prasaja ora ngeparengaké. Malah dhawuh supaya aku kuliyah, déné jurusané, aku disekarep."

"Terus? Sidané kowé arep kuliyah menyang endi?"

"Yèn ditampa, aku arep kuliyah nèng Fakultas Tarbiyah, Institut Agama Islam Yayasan MUKTIBARENG Prambanan, waé, Mar. Aku 'ki ora muluk-muluk, kok. Menawa aku ditampa, terus lulus kuliyah lan bisa dadi guru waé, aku wis trima lan matur nuwun banget."

"Nèk lé ditampa, dak-kira ya ditampa, ta. Mosok nampik lulusan sekolahé dhéwé?"

"Ya ... muga-muga waé ngono."

Malah Daniyah uga ngajak Maryati supaya kuliyah ing Institut Agama Islam yayasan MUKTIBARENG.

"Anèng MPBS ki kepénak, Mar. Manggon ing asrama, ora mikir masak utawa gawéan liyané. Dadi, pikirané dhéwé bisa fokus kanggo sinau. Karo manèh anèng pondhokan akèh kancanaé. Bisa sinau bareng, utawa malah yèn kangèlan nggarap tugas utawa perkara liyané, bisa takon kanca liyané."

"Ngono, ya? Pancèn iya, sih ...! Yèn aku neruské kuliyah tetep kudu mondhok, amarga adoh yèn di-lajo. Nèk kuliyah nèng MPBS, malah wis sekaliyan ana pondhokané. Saka désa kéné ya ora pati adoh. Ah, embuh lah, Daniyah. Aku isih bingung iki, durung bisa nemtokaké pilihan."

"Isih ana wektu kanggo mikiraké, nganti tekan mangsané pendhaptaran kuliyah, Maryati," kandhané Daniyah.

Kesel anggoné cecaturan, bocah loro turu angler. Embuh, impèn apa sing jemedhul, bocah loro turu kanthi èsem sinungging ing lambé.

*

Wayah srengéngé tunggang gunung dina candhaké, Daniyah tata-tata arep bali menyang asrama, nunggu dipethuk Pak Tarja. Wingi Prasaja wis pesen, yèn wektu bubar ngasar Pak Tarja arep methuk Daniyah. Ésuk mau sinambi sarapan bareng, pak lan bu lurah ora kurang-kurang anggoné paring piwulang urip, ngadhepi wektu-wektu sing arep teka. Daniyah nggatèkaké kanthi tumemen. Daniyah kèlingan nalika semana, ya pak lurah iki sing tansah ngiguhaké nalika omahé Daniyah kobong ludhes, klebu bapak, simbok, lan adhiné. Lan pak lurah uga sing nemokaké Daniyah karo Prasaja.

Nalika Daniyah nunggu, lungguh kursi ing èmpèr ngarepan, Martoyo nyedak.

"Arep bali menyang asrama pa, Daniyah?"

"Iya, Mas," wangsulané Daniyah cekak.

"Lha, nang asrama apa ana kancané? Iki rak mangsa liburan dawa, ta?"

"Ya pancèn sepi, nanging ya ora kothong. Isih ana kanca-kanca sing omahé adoh, ora padha bali. Jaré, larang ragadé."

"Ngono, ya?" kandhané Martoyo sinambi lungguh kursi ing sisih tengené Daniyah.

Sawisé nyèlèhaké bokong, Martoyo takon, "Kowé kuwi rak wis lulus SMU ta, Daniyah?"

"Iya."

"Yèn dak-rabi dadi bojoku, gelem apa ora, Daniyah?"

"Haa!" Daniyah kagèt krungu kandhané Martoyo, tutuk-é ndomblong.

"Emm ... aku isih arep kuliyah dhisik kok, Mas."

"Halaaah ... ora sah kuliyah. Rabi karo aku uripmu bakal kepénak. Saora-orané aku iki anak lurah, kowé ora bakal kapiran, Daniyah. Wong ... kowé kuwi rak ya wis ora duwé sapa-sapa ta, nèng alam donya iki?"

"Iya. Nanging Dèn Mas Prasaja dhawuh, supaya aku kuliyah manèh."

"Kowé kuwi ngimpi, ya? Ngimpi ... sawijining wektu bakal dirabi déning Dèn Mas Prasaja? Aja ngimpi ing wayah awan, Daniyah. Ora sababag! Kowé kuwi sapa, Dèn Mas Prasaja kaé sapa? Ya tangèh lamun Dèn Mas Prasaja bakal ngrabi kowé. Pol-polé didadèkaké gundik. Ora dirabi, dikeloni saben bengi," kandhané Martoyo nrocos, ora nggapé kaya ngapa lara atiné Daniyah.

Daniyah blangkemen, ora bisa kandha apa-apa. Sing diomongaké Martoyo kuwi, apa ya bener? Yèn dhèwèké ora sababag karo Dèn Mas Prasaja, Daniyah wis rumangsa lan ngakoni. Nanging ... apa iya nganti tekan samono, Daniyah didadèkaké gundik?

-0-

Kosa tembung:

Kebon raja = *kebun binatang;*
ramban = *dedaunan;*
ngedir-dirakė = *mengunggul-unggulkan.*

08. DILAMAR MARTOYO

Daniyah ora énggal bisa wangsulan. Pikirané lagi ngéntha-éntha, apa sing dikandhakaké Martoyo.

Daniyah ora sélak, yèn Dèn Mas Prasaja kuwi, priyayi sing prasasat awèh urip marang dhèwèké. Yèn saupama Dèn Mas Prasaja ngersakaké ngrasuk garwa, embuh garwa sing nomer pira baé, Daniyah bakal nampa. Kejaba bokmenawa bisa kanggo dalan males kabecikan, nyatané ing atiné Daniyah ya ana rasa tresna lan memuja marang Prasaja. Embuh tresna kang sejati, embuh tresna merga utang budi? Ora penting!

Nanging yèn kaya kandhané Martoyo, Daniyah ora dirabi, nanging saben dina dikeloni ... ya emoh. Sesambungan antaraning priya lan wanita, mliginé perkara saresmi, ora kena kanggo dolanan. Yèn ngono kuwi, ora bakal antuk ridla lan berkahé Gusti Allah SWT. Tan begjané uripé bakal tiba nelangsa.

Siji perkara sing tansah cumanthèl ing atiné Daniyah, yaiku yèn dhèwèké wis utang budi gedhé banget marang Prasaja. Lan Daniyah sabisa-bisa péngin males kabecikan kuwi, kanthi cara bekti lan setya tuhu.

"Kepriyé, Daniyah? Aku iki anak lurah, lho. Pametuku pinangka juragan wedhi ya cukup," kandhané Martoyo, ngagètaké Daniyah sing lagi ngalamun.

"Ora, Mas. Aku durung péngin rabi. Aku arep kuliyah dhisik."

“Kemayu temen! Kowé kuwi rumangsamu sapa? Bocah lola ora duwé sapa-sapa, mung anaké Dalija bakul suket. Uripmu waé ditanggung wong liya sing dudu apa-apamu. Lha, kok arep di-pèk bojo anak lurah waé, leléwa,” kandhané Martoyo kedawa-dawa, ngundhat-undhat Daniyah. Swarané pancèn ora bantas, nanging banget nglarani ati.

Klépat, Daniyah gya menyat ngadeg lan mlayu bali mlebu kamaré Maryati. Daniyah lungguh ing dhipan lan nangis mingseg-mingseg.

Maryati dadi bingung, ana apa? Jaré arep bali menyang pondhokan nunggu dipethuk Pak Tarja. Lha kok malah bali mlebu kamar karo nangis.

“Ana apa, Daniyah? Mlebu-mlebu, kok nangis kamisesegen?” pitakoné Maryati.

Daniyah ora wangsulan.

“Wis wiwit cilik biyèn, awaké dhéwé iki kekancan raket. Ya kanca sekolah, uga kanca ngaji. Insya Allah aku bisa kok-percaya, yèn kowé arep sambat utawa angluh.”

Daniyah nolèh nyawang Maryati, nuli crita apa sing lagi baé diomongaké Martoyo ing ngarepan.

“Aku ora arep mbélani kakangku. Malah aku sing njalukké pangapura. Nanging aku ya ora arep nyurung utawa ngalang-alangi yèn kowé arep sesambungan karo Mas Martoyo. Nanging ngertiya kanyatané, yèn Mas Martoyo kaé sekolahé mung tekan SMU, lan nganti dina iki durung cekel gawé sing gumathok. Yèn kowé ora gelem dadi bojoné, aja pisan-pisan duwé solah bawa utawa patrap sing kaya-kaya awèh pengarep-arep. Kowé kudu teges lan tandhes saka sekawit, yèn emoh dadi bojoné, aja nganti disalah-pahami. Wis ... bab kuwi ora usah digagas manèh, Daniyah,” kandhané Maryati dawa.

Dumadakan keprungu lawang kamar didhodhog. Bu lurah ngandhani yèn Pak Tarja wis teka methuk Daniyah. Daniyah nuli pamit marang pak lan bu lurah, sarta Maryati. Martoyo wis ora katon irungé.

Maryati nguntapaké lunganė Daniyah nganti ilang saka pandulu. Ing atiné tetep ana rasa kuwatir, Martoyo bakal ngukuhi kekarepané arep ngepèk bojo Daniyah. Martoyo iku bocahé brangasan, angèl dikandhani, seneng nggugu karepé dhéwé. Yèn nganti Martoyo nékad, bisa gawé répoté wong akèh.

Apa manèh yèn ngèlingi, Daniyah iku saiki dadi tanggung-jawabé Dèn Mas Prasaja. Yaiku uwong sing pinunjul, disuyudi dèning wong désa kono, amarga wis akèh nandur kabecikan. Yèn Martoyo kukuh kekarepané, nanging sulaya saka kersané Dèn Mas Prasaja, bisa-bisa ndadèkaké memungsuhan antarané kluwarga Lurah Sasra Sudira lan kluwarga Prasaja.

*

Rada lega atiné Daniyah, saiki wis lungguh ing jero mobil, wis adoh saka Martoyo. Daniyah nguculaké ambekan dawa.

"Kepriyé, Daniyah? Liburan rong dina, apa krasa luwih kepénak atimu saiki?"

"Inggih, Dèn Mas. Matur nuwun sampun minangkani panyuwun kula."

"Mbok ngéné, wiwit saiki yèn ngaturi aku aja 'dèn mas', nanging 'bapak' utawa 'mas' waé?"

"Inggih, Bapak."

"Nah ... ngono, keprungu luwih kepénak."

Prasaja banjur ngulungaké tas kresek werna putih marang Daniyah, klawan kandha, "Daniyah ... iki daktukokaké ponsel. Kuwi wis ana '*sim card*'-é, mung kari nganggo. Nomerku wis ana ing ponsel-mu. Éwa semono, tetep-a ngati-ati anggonmu mampangataké, mung kanggo perkara sing pancèn penting. Sliramu saiki wis gedhé, sedhéla manèh dadi mahasiswa, dak-anggep bisa mbédakaké endi perkara sing penting lan endi sing ora penting."

"Waow?" Daniyah katon kagèt semu seneng. Ora ngira babar pisan, yèn arep ditukokaké ponsel modhèl anyar. Yektiné, wis suwé Daniyah péngin duwé ponsel. Sanadyan dhuwit ing bank cukup kanggo tuku ponsel, nanging Daniyah ora wani lancang. Dhuwit kuwi duwèké Prasaja dudu duwèké dhéwé, mula ora wani nganggo yèn ora kanggo perkara sing penting.

"Matur nuwun sanget, Bapak," kandhané Daniyah karo mèsem. Arang banget Prasaja meruhi Daniyah mèsem. Prawan kencur kuwi saiki wis dadi kenya diwasa. Èsem ing lathiné nambahi ayuné.

Pepènginané Daniyah mlebu ing Fakultas Tarbiyah Institut Agama Islam 'Muktibareng', nyata kasembadan. Gegayuhané ora muluk-muluk, mung péngin dadi guru. Daniyah wiwit kuliyah kanthi tumemen lan taberi.

Sesambungané Prasaja klawan Daniyah sangsaya rumaket. Apa manèh saiki Daniyah wis nyekel ponsel, wong loro sawayah-wayah bisa silih kirim warta utawa potrèt. Nanging kanthi mangkono, Prasaja dadi kaya lali karo janji marang ibuné, yaiku gelem nikah sawisé Taman Balérанté rampung kabangun.

Balérанté Merapi Park utawa Taman Wisata Balérанté wis rampung kabangun, dadi tujuwan plesir kang pinunjul ing tlatah Jawa Tengah sisih kidul lan Daerah Istimewa Yogyakarta. Taman Wisata Balérанté diresmèkaké déning pak bupati. Ing sajeroning telung dina sawisé dibukak resmi, para pelancong ora ditarik bayaran aliyas gratis. Ngono kuwi pinangka wujud atur panuwun marang masarakat sakiwa tengen Taman Wisata Balérante.

*

Manahé kang gorèh ora jenjem, nuntun lakuné Kanjeng Radèn Tumenggung Jaya Sentika, tumuju menyang dalemé swargi Radèn Wiratmaja, garwané Bu Hargarini.

"Wah ... lha kok ora paring kabar luwih dhisik, Dhimas Jaya Sentika dalah garwa malah wis rawuh ing dalem wiratmajan. Mangga, mangga ... katuran lenggah sing prayoga, Dhimas sekaliyan."

"Inggih, Mbakyu. Kados sampun boten kirang prayogi," Bu Jaya Sentika sing wangsulan.

Rampung anggoné pangandikan pinangka abang-abanging lambé, Bu Hargarini sing miwiti rembug.

"Nuwun sèwu, Dhimas sekaliyan. Kaya selak ora sranta, aku nedya nungsung pawarta. Bokmenawa ana pangandikan sing wigati, sumangga dak-aturi medharaké kanthi mardikaning manah, Dhimas."

"Inggih, Mbakyu. Nyuwun pangapunten bokbilih atur kula samangké, kaanggep lancang ing pangucap. Menggah sowan kula kekalih, èstunipun 'ngetutaken' gorèhing manah kula kekalih, Mbakyu."

"Gorèhing manah ing babagan apa, Dhimas? Mangga, dak-aturi medhar kanthi wijang."

"Punika gegayutan kaliyan anak kula pawèstri, pun Gendhuk Puspitasari, Mbakyu. Ngancik warsa punika, sampun jangkep enem likur taun umuripun. Liripun, sampun kepétang kasèp winengku priya, tumraping kenya. Golong-giliging rembag ingkang sampun kawuri, duk rikala Kangmas Wiratmaja taksih sugeng, kita badhé sangsaya nyupeketaken anggènipun pasedhèrèkan kanthi bésanan. Mila ing titi wanci punika kula kekalih sowan, badhé nggenahaken perkawis punika. Kula ngrumaosi, bilih anak kula punika pancèn kirang ing samudayanipun. Pramila kula kekalih sowan, badhé nyuwun pancasan ingkang gumathok, Mbakyu. Mekaten atur kula, Mbakyu. Lepating atur nyuwun pangaksama."

"Hehhh ... éwuh-aya anggonku arep matur, Dhimas. Aku dhéwé uga dadi bingung lan mangu-mangu. Yektiné, wis makaping-kaping aku ngélingaké Prasaja perkara iki. Nanging Prasaja mung tansah semaya lan njaluk inah."

Bu Hargarini meneng sauntara wektu. Malah kesaru ana réwang sing ngladèkaké dhaharan lan unjukan. Sawisé réwang bali mlebu, Bu Hargarini nuli ngendika manèh.

"Nanging, Prasaja tetep kudu dhaup karo Puspitasari. Aja nganti gawé kuciwané Kangmas Wiratmaja sing wis swargi. Dhimas Jaya Sentika sekaliyan! Aku nyuwun wektu ya, Dhimas. Ing sajeroning seminggu, aku lan Prasaja insya Allah bakal sowan ing dalem jaya sentikan, lan nyaosi pancasan sing gumathok."

"Inggih, Mbakyu. Kula tengga rawuhipun."

Bu Hargarini banjur 'manggakaké' tamuné supaya ngicipi dhaharan lan unjukan sing wus cumawis. Lan nalika anggoné wawan pangandikan kaanggep cukup, KRT. Jaya Sentika lan garwa nuli pamit.

Lagi baé tamuné mungkur, Prasaja tekan omah.

"Kadosipun, punika kendharaanipun Paman Jaya Sentika, Ibu?"

“Iya, bener. Kaya sing uwis-uwis, pamanmu ngersakaké kowé énggal dhaup karo Puspitasari. Ibu iki jan-jané ya isin, saben-saben ditagih janji. Lha ning kepriyé, wong sing arep nglakoni gojag-gajeg, ora maju ora mundur?”

Prasaja ora wangsulan, sirahé tumungkul. Prasaja ngerti yèn manah ibuné lagi gorèh. Sing dikuwatiraké yèn ngono kuwi, gerah jantung ibuné banjur kumat. Nanging uga ora gampang netepaké ati nikah karo kenya sing ora ditresnani. Sanadyan yektiné, Puspitasari iku prasasat ora duwé cacad, sampurna. Bocahé ayu, sekolahé ya dhuwur, setya tuhu marang wong tuwa, lan kebak tata-krama.

-0-

Kosa tembung:

Ngéntha-éntha = *membayangkan;*
saresmi = *hubungan seks;*
leléwa = *sikap yang dibuat-buat untuk menggoda hati orang lain;*
angluh = *mengeluh;*
wijang = *jelas;*
pancasan = *jawaban/keputusan;*
kesaru = *sedikit terganggu kejadian berikutnya.*

09. ORA SRANTA

Radèn Ayu Hargarini manahé dadi goréh. Wis bola-bali ngélingaké Prasaja perkara janji swargi ramané, nanging Prasaja isih tansah semaya. Pungkasané Bu Hargarini selak ora sranta, banjur tindak menyang asrama MPBS saperlu nemoni Daniyah, didhèrèkaké Narji, supiré. Marang Narji, Bu Hargarini wanti-wanti supaya perkara kuwi disidhem digawé wadi, ora kepareng dikandhakaké marang sapa baé.

Wayah sorè, Daniyah lagi baé mudhun saka mesjid sawisé sholat Ngasar. Mbok Nah, salah salah sijining pegawé asrama ngandhani yèn ana sing nggolèki lan péngin ketemu Daniyah. Saiki nunggu ing ruwang tamu asrama.

"Nyuwun pangapunten. Sampun ngantos kawastanan kula punika tambuh. Nanging saèstu kula rumaos dèrèng naté wanuh. Ibu punika, sinten?" Daniyah matur marang wanita sepuh ayu sing lungguh ing ngarepé.

Wanita iku umur kira-kira sèket taun, alus solah bawa lan patrapé. Praupané ayu, pawakan rada cilik. Agemané arupa nyamping bathik lan kebaya motip kembang-kembang. Rambut digelung memburi, tusuk kondhé werna kuning emas. Katon merbawani. Émané wektu iku, ulaté semu peteng, èsem didhelikaké ing sawaliking lathi kang yektiné éndah sinawang.

"Aku Hargarini, wong tuwané Prasaja," ngendikané wanita ayu kuwi.

“Oh ... Ndara Radèn Ayu. Wonten kersa punapa, déné ndara nyelirani piyambak rawuh mriki manggihi kula?”

“Aja ngaturi *ndara* marang aku. Sliramu kuwi dudu abdiku.”

“Nanging panjenengan punika pepundhènipun tiyang ingkang prasasat paring gesang dhateng kula.”

“Aja mbantah!”

“Oh ...,” Daniyah kepatèn rembug, banjur meneng baé.

“Ngéné ya, Daniyah. Sanadyan mripatku durung weruh dhéwé, nanging aku ngerti yèn anakku, Prasaja, sajakaé kesengsem, malah kepara tresna marang sliramu. Nanging ... gandhèng Prasaja kaé wis dak-pacangaké karo kenya liya, aku njaluk lilamu. Dak jaluk, sumingkir-a saka uripé Prasaja ya, Daniyah.”

“Matur nuwun, déné ndara radèn ayu malah sampun priksa nama kula. Menggah pamundhutipun ndara radèn ayu, kula supados sumingkir saking gesangipun Dèn Mas Prasaja, kula saged matur makaten. Kula punika sanès sinten-sinten lan ugi boten gadhah punapa-punapa. Tiyang sepuh ugi sampun boten wonten, lan ugi boten gadhah punapa-punapa kanggé tilaran. Wiwit kula alit, duk rikala sedaya kluwarga cures kabesem, kula punika sampun lola.”

Daniyah meneng sedhéla. Dumadakan dhadhané krasa seseg kèlingan bapak, simbok, lan adhiné sing mati kobong. Nanging ora suwé nuli matur manèh, “Cethanipun, kula saged gesang kados mekaten punika inggih awit paring pitulunganipun Dèn Mas Prasaja. Pramila Dèn Mas Prasaja punika prasasat nyawa kula, Ndara. Mila samudayanipun gumantung dhumateng Dèn

Mas Prasaja. Gesang kula badhé kula pasrahaken dhumateng Dèn Mas Prasaja sawetahipun, sanadyan ta upaminipun namung badhé kanggé damel kèsèd." Daniyah meneng manèh.

"Déné menawi ndara ngersakaken kula sumingkir, saèstunipun awrat tumrap kula. Ananging menawi Dèn Mas Prasaja ingkang paring dhawuh, saèstu badhé kula èstokaken. Pramila, prayogi menawi ndara keparenga ngendika dhumateng putra nandalem, supados Dèn Mas Prasaja ingkang paring dhawuh dhateng kula. Kula boten badhé suwala, ngrumaosi bilih kula punika sampun utang kesaéan ingkang sakelangkung ageng dhateng Dèn Mas Prasaja. Kula badhé mundhi dhawuhipun Dèn Mas Prasaja, sanadyan ta upaminipun kula kedah dados tunawisma."

"Aturmu kuwi mokal lan tangèh lamun, Daniyah. Ngendi ana priya sing lagi kepéncut marang sawijining wanita, nundhung wanita sing dipéncuti kuwi."

Wanita kuru nanging ayu kuwi meneng sedhéla, nuli kandha manèh, "Ooh ...! Aja-aja sliramu jebul ya tresna marang Prasaja, Daniyah?"

"Punten dalem sèwu, Ndara Radèn Ayu. Tumrap kula, sampun boten penting malih, punapa kula punika tresna utawi boten dhateng Dèn Mas Prasaja. Kula namung badhé masrahakan jiwa raga lan gesang kula dhateng Dèn Mas Prasaja, amargi kula sampun katah kabiyantu, Ndara."

"Yèn aku adreng lan kukuh marang panjalukku? Apa sliramu bakal mbadal, Daniyah? Kang mangka kandhamu, aku iki pepundhèné wong sing nguripi sliramu?"

"Nanging, awrat tumrap kula, Ndara. Kula kedah yakin, ingkang makaten punika punapa badhé njalari kabagyan tumrap Dèn Mas Prasaja?"

"Apa rumangsamu, sing péngin Prasaja urip bagya mulya iku, mung sliramu? Aku iki biyungé! Biyung sing ngandhut, sing ngindhit, sing ngempit. Sing nglairaké, dak réwangi toh pati wutah getih? Apa kok-kira aku ora péngin anakku urip seneng? Ya merga aku péngin anakku urip bagya mulya, mula aku njaluk sliramu semingkir, Daniyah."

Daniyah sing rumangsa kepojok, mung meneng baé. Atiné nggronjal, nglumba. Dhèwèké ora bisa nyembadani panjaluké wanita kuwi ora amarga abot, nanging ngèlingi sepira gedhéné utang budiné marang Prasaja. Yèn kepeksa kudu milih, mesthi baé Daniyah milih setya tuhu marang Prasaja tinimbang marang wanita iku. Nalika dhèwèké urip klèlèran, ya mung Prasaja sing gelem 'ngukup' lan nylametaké.

Ora *sadhar*, ing atiné Daniyah sing jero yektiné wis tuwuh rasa tresna marang Prasaja. Rasa tresna ing antarané priya lan wanita, ora mung amarga kepotangan budi. Nanging rasa tresna kang kagawa saka sipat, watak, solah bawa, lan patrapé Prasaja marang Daniyah. Rasa tresnané Daniyah kasilep déning rasa utang budi marang Dèn Mas Prasaja.

"Nyuwun pangapunten, Ndara. Kula dèrèng saged matur ingkang gumathok."

"Dadi ... sliramu mbeguguk ngutha waton?"

Daniyah mung meneng baé. Radèn Ayu Hargarini unjal ambekan dawa. Wanita kuwi katon rongèh, kaya bingung kudu kepriyé. Sawisé wong loro meneng sauntara wektu, wanita kuwi kandha manèh. Kandha lirih karo manglungaké awak, kaya-kaya ana rasa sumelang yèn ukarané keprungu wong liya.

"Apa ... sliramu ... njaluk tebusan emas picis raja brana?"

"Saèstu boten, Ndara. Ancasing manah namung setunggal, masrahaken pejah gesang kula kanggé kabagyanipun Dèn Mas Prasaja. Kula namung badhé ndhèrèk punapa ingkang dipun-dhawuhaken."

Radèn Ayu Hargarini unjal ambegan landhung. Kaya wis kentèkan akal lan gunem, kanggo ngerih-erih Daniyah supaya gelem adoh saka uripé Prasaja.

Penggalihé banjur nglambrang. Apa kudu kanthi cara agal? Nanging, yekti iku dudu wataké wanita kuwi. Apa manèh, bocah iki bocah lola, yatim piyatu, sing yèn miturut saréngat agama Islam malah kuduné diopèni. Kejaba kuwi, Bu Hargarini uga duwé rasa mesakaké marang Daniyah.

Ana rasa anèh, sing tuwuh ing atiné wanita kuwi. Sasuwéné wawan gunem klawan Daniyah, Radèn Ayu Hargarini kaya bisa ngrasakaké yèn sejatiné Daniyah iku kenya sing duwé bebudèn becik. Urip prasaja, gemi nastiti, setya tuhu, kukuh ing panemu, ngerti males kabecikan. Saupama kanggonan bibit, yektiné bobot lan bebet bisa diupadi.

Nanging Radèn Ayu Hargarini wis kadhung utang janji. Utang janji marang kluwarga Kanjeng Radèn Tumenggung Jaya Sentika, yèn kekaroné bakal bésanan. KRT. Jaya Sentika iku salah sawijining punggawa ageng ing pamaréntahan. Apa iya, bakal wurung anggoné bésanan. Kejaba mbarang wirang, bisa-bisa malah dianggep ngrèmèhaké kluwarga Jaya Sentika.

"Daniyah! Yèn aku njaluk sliramu sumingkir saka uripé Prasaja, iku dudu amarga aku serik utawa ora seneng marang sliramu. Mula sanadyan sliramu sumingkir saka Prasaja, aku ora bakal ngeculaké 'cul'. Tegesé, uripmu bakal dak-tanggung, dak-ragadi nganti ana priya sing mengku sliramu. Mangkono uga, kuliyahmu bisa kok-terusaké nganti lulus. Mung siji sing dak jaluk, sumingkira lan aja sesambungan manèh karo Prasaja. Ndadèkna kawruhmu yèn aku iki wis kaiket janji karo sawijining panggedhéning praja nedya bésanan. Lha yèn nganti wurung bésanan, méndah kaya ngapa wirangku. Malah bisa uga aku iki dianggep ngrèmèhaké calon bésanku," ngendikané Radèn Ayu Hargarini manèh.

"Ndara Radèn Ayu, pepundhèn kula. Saèstu kula boten badhé mbadal saking dhawuh panjenengan. Kula namung nyuwun, Dèn Mas Prasaja ingkang dhawuh dhateng kula. Saèstu badhé kula èstokaken."

"Lha rak wis dak-kandhakaké ing ngarep, yèn ngono kuwi cetha mokal. Yèn wangsulanmu 'pathok-bangkrong' kaya ngono, ateges sliramu pancèn emoh sumingkir saka Prasaja."

"Nyumanggakaken Ndara Radèn Ayu anggènipun badhé mastani," wangsulané Daniyah kanthi swara lirih lan sedhih.

Kanthi ati gela semu duka, Radèn Ayu Hargarini ninggalaké asrama putri kuwi. Daniyah nguntapaké tamuné nganti tekan régol pager, nanging Radèn Ayu Hargarini babar-pisan wis ora nolèh manèh.

Penggalihé Radèn Ayu Hargarini pancèn gela banget. Kanthi mangkono, kudu golèk cara liya nyingkiraké utawa ndhelikaké Daniyah, nanging ya aja siya-siya marang bocah lola kuwi. Pancèn ora gampang.

Dumadakan mrentul gagasan, sing bokmenawa bisa gawé atiné Daniyah luluh gelem mundur senadyan sejangkah. Bu Hargarini nuli dhawuh Pak Narji supaya muter balik menyang asrama manèh.

Alon Bu Hargarini mudhun saka mobil, lan tindak menyang asrama. Daniyah sing isih ana ngarepan nyawang éndahing kembang ing taman, gumun ngungun meruhi wanita kuwi bali menyang asrama manèh.

"Nyuwun pangapunten, Ndara. Punapa wonten samukawis ingkang kantun, Ndara?"

"Ora! Aku isih péngin rembugan karo sliramu."

"Oh," wangsulané Daniyah karo ndhèrèkaké tamuné bali mlebu ruwang tamu.

-0-

Kosa tembung:

Gorèh = *gelisah;*
nyelirani = *melakukan sendiri;*
cures = *meninggal semua;*
nandalem = *anda;*
adalem = *aku;*
mundhi dhawuh = *mentaati perintah;*
mbadal = *menentang;*
rongèh = *tidak tenang;*
agal = *kasar;*
upadi = *cari;*
méndah = *betapa.*

10. KEPEKSA SUMINGKIR

Daniyah ngacarani tamuné, ngaturi Bu Hargarini lenggah ing ruwang tamu. Nalika wong loro wus lungguh satata, Bu Hargarini nuli ngendika.

"Daniyah. Gedhé panjalukku marang sliramu. Yèn sliramu njaluk, aku saguh nyembah dlamakanmu, Ndhuk. Nanging turutana panjaluké wong tuwa sing wis arep surut iki. Aku arep blaka suta, coba gatèkna. Kaya sing wis dak-kandhakaké mau, aku iki kaiket janji marang sawijining uwong, nedya bésanan. Nanging Prasaja tansah nulak yèn arep dak-dhaupaké. Pangiraku, Prasaja emoh dhaup amarga kepéncut marang sliramu. Mula ... dakjaluk, sawetara wektu sumingkira dhisik. Sawetara wektu baé. Mengko yèn Prasaja wis dhaup, sliramu dakkeparengaké bali mréné lan nerusaké kuliyah. Malah ... bokmenawa Prasaja niyat arep ngrabi sliramu, aku bakal nyengkuyung, yèn pancèn sliramu legawa dadi garwa ampil."

Cetha wéla-wéla, gamblang lan wijang, apa sing dingendikakaké Bu Hargarini. Nganti tekan samono anggoné nututi janji, dirèwangi ngreremih marang bocah wadon, sing prasasat mung bocah kléyang kabur kanginan.

Krungu ngendikané Bu Hargarini, atiné Daniyah ka-osik. Anggoné sumingkir mung sawetara wektu, yèn Prasaja wis nikah bisa bali kuliyah manèh. Malah ... wanita kuwi nyengkuyung, yèn upamané Prasaja arep ngepèk bojo Daniyah.

Nanging, dumadakan tuwuh pikiran liya, apa bener wanita kuwi ibuné Prasaja? Aja-aja mung wong ngaku-aku sing arep tumindak culika?

"Nanging ... nanging punapa ndara saged pinitados, menawi ndara punika ibunipun Dèn Mas Prasaja?"

"Oh, cethané ... sliramu njaluk bukti utawa seksi yèn aku iki bener biyungé Prasaja?"

Daniyah tumungkul, ora wangsulan.

Bu Hargarini nuli neruskaé ngendika, "Nanging ... menawa aku bisa mbuktèkaké utawa duwé seksi yèn aku iki bener ibuné Prasaja, apa sliramu gelem nuruti panjalukku, Daniyah?"

Daniyah maspadakaké pasuryané Bu Hargarini, kaya-kaya péngin ngerti isi atiné. Nanging Daniyah ora énggal wangsulan.

"Kepriyé, Daniyah? Yèn aku duwé seksi, apa sliramu gelem nuruti panjalukku?"

"Inggih," wangsulané Daniyah karo manthuk.

Bu Hargarini ngetokaké ponsel saka tas, banjur nilpun. Ora let suwé, ana wanita setengah umur sing mlebu ing ruwang tamu asrama MPBS Prambanan. Daniyah kagèt banget nyumurupi sapa sing rawuh.

"Ibu Raras?" Daniyah sakala nyebut jenengé, merga setengahé ora percaya.

Bu Hargarini nuli jumeneng, lan methukaké Bu Raras sinambi ngambung pipi kiwa padha kiwa tengen padha tengen.

"Ibu ... kadospundi kabaripun, Ibu. Mugi saé sedayanipun?" aturé Bu Raras. Kapinujon, Bu Raras soré iku isih ana ing sekolahan, amarga ana rapat guru.

"Alkhamdulillah, sedaya pinanggih saé, Nak Raras," wangsulané wanita sepuh kuwi. Sanadyan Bu Hargarini luwih sepuh adoh, tetep nggunakaké basa Jawa krama kanggo ngajèni kalenggahané Bu Raras.

"Wonten dhawuh punapa, Ibu, nimbali kula?"

Bu Hargarini banjur wawan pangandikan lirih karo Bu Raras, njlèntrèhaké bab kaperluané nemoni Daniyah.

"Daniyah! Apa sliramu ngerti, sapa priyayi iki?" ngendikané Bu Hargarini, karo nolèh marang Daniyah.

"Inggih, Ndara. Punika Ibu Larasati Kepala SMP MPBS Prambanan."

"Apa sliramu percaya marang Bu Raras?"

"Inggih, Ndara."

"Nah ... Bu Raras iki sing dadi seksi, yèn aku iki yekti ibuné Prasaja. Dudu wong apus-apus. Rak inggih makaten ta, Nak Raras?"

"Inggih, Ibu," wangsulané Bu Raras.

Sawisé meneng sedhéla, Bu Raras ngendika marang Daniyah, "Daniyah ... aku ngidinaké kowé ndhèrèk Ibu Hargarini, amarga aku ngerti yèn ibu iki pancèn bener wong tuwané Pak Prasaja. Siji perkara sing perlu daktandhesaké, kaya déné Pak Prasaja, aku yakin yèn Ibu Hargarini iki ora bakal nyilakakaké kowé."

Bu Hargarini bali maspadakaké Daniyah, kanggo nyengkuyung kandhané Bu Raras. Kanthi mangkono, Daniyah wis ora bisa suwala manèh.

*

Bu Hargarini tekan dalem wis bengi. Wanita sepuh kuwi mriksani Prasaja, putrané, lungguh ing kursi pendhapa, sajak kaya ana sing dientèni. Mesthi baé ngentèni ingkang ibu. Kejaba réwang, omah gedhong sing gedhé magrong-magrong kuwi pancèn mung dienggoni wong telu. Prasaja nuli methukaké ibuné klawan ngambung astané.

"Kok ngantos dalu, saking tindak pundi, Ibu?"

"Mengko dhisik, aku dak-lungguh," ngendikané Bu Hargarini, ambekané rada menggèh-menggèh, sinambi mapanaké bokong ing kursi sisih tengené Prasaja.

"Kowé aja nggolèki Daniyah menyang asrama. Sauntara, Daniyah ora mapan ing asrama. Uga aja nilpun, iki ponsèlé malah dak-gawa." Bu Hargarini ora ngendika yèn Daniyah wis dicekeli ponsel liya.

Mesthi baé Prasaja kagèt banget. Sasuwéné iki, wiwit Daniyah klas siji SMP nganti saiki wis mahasiswa, ibuné babar-pisan ora tau campur-tangan perkara Daniyah. Mung nalika sepisanan Daniyah pindhahan baé, ibuné mundhut priksa samubarangé. Nanging dina iki, dumadakan kok ngendika kaya ngono.

"Loh? Lha wonten punapa punika, kok dumadakan ibu cawé-cawé babagan Daniyah?"

"Wosing rembug, ibu dhawuh kowé supaya énggal dhaup karo Puspitasari, putrané pamanmu Jaya Sentika. Kejaba aku lan swargi ramamu kaiket janji, uga selak mesakaké Puspitasari. Ing atasé bocah wadon, umur enem likur utawa pitu likur taun iku wis kepétung kasèp."

"Lajeng, punapa gandhèng-cènèngipun kaliyah Daniyah, Ibu?"

"Ibu duwé panduga, kowé mangu-mangu dhaup karo Puspitasari amarga kesengsem marang Daniyah. Mula sawetara Daniyah dak singidaké."

"Ohh ...!" Prasaja wis ora bisa wangsulan manèh. Arep takon 'Daniyah ana ngendi' baé, wis ora mentala. Prasaja bocah sing banget bekti lan setya tuhu marang wong tuwa, ora wani matur apa-apa manèh. Prasaja emoh nglarani penggalihé ingkang ibu. Bisa-bisa gerahé jantung, kumat.

*

Dina-dina candhaké, Bu Hargarini lan Prasaja bola-bali sowan menyang dalemé KRT. Jaya Sentika, saperlu ngrembug rantaman acara dhaupé Prasaja lan Puspitasari.

Dhauping pangantèn diadani kanthi gedhèn. Ora mokal, amarga sing kagungan gawé, kekaroné wong pinunjul. Ramané pangantèn kakung sawijining pangusaha gedhé ing babagan pomahan, déné ramané panganten putri punggawaning praja sing lagi nyekel panguwasa.

Upacara ijab kabul lan resepsi kembul bujana diadani ing sawijining hotèl gedhé, sing misuwur ing saindhenging jagad. Ora pilih kasih, klebu kabèh tangga teparo diulemi menyang hotèl, karebèn padha ngrasakké panganan hotèl. Élok-é manèh ing layang uleman wis tinulis 'boten nampi sumbangan awujud punapa kémawon'.

Bu Hargarini katon bungah banget, èsem tansah sinungging ing lathiné. Wanita sepuh kuwi sangsaya katon téjané. Wis suwé anggoné 'ngoyak-oyak' putrané supaya énggal dhaup, lan dina iku wis kelakon. Kaampingan R. Surya Wicaksana, kangmasé, Bu Hargarini kanthi sumringah lan gapyak semanak nanggapi rawuhing para tamu.

Ora kurang rumangsa bagya mulyané, yaiku KRT. Jaya Sentika dalah garwa. Kagungan putra putri umur udakara enem likur taun durung winengku priya, sapa wongé sing ora gorèh? Mula dina iku dina kang banget mirunggan. *Istimewa!* Puspitasari, putrané wadon, wis kelakon dhaup. Saking senengé, mupakat karo bésan, nedya nanggap wayang telung wengi natas.

Mangkono uga pangantèn loro, kanthi kebak tatakrama tansah siyaga ing gati nampa atur pambagya utawa *ucapan selamat* saka para tamu. Èsem kabagyan uga tansah sinungging ing lathiné pangantèn loro. Dhasaré pangantèn kakung ya bagus lan pangantèn putri uga ayu, kekaroné kaya déwa ngéja-wantah, Bathara Komajaya lan Dèwi Ratih. Ana kalané ketemu kanca raket, banjur geguyon gayeng sinambi gegojègan lan reruketan. Apa manèh pangantèn loro kuwi yektiné wis kenal wiwit cilik biyèn. Dadi, akèh kancané Prasaja ya kancané Puspitasari uga.

Kanggo mahargya dhauping pangantèn, kang hamengku gati nanggap wayang telung bengi natas, ngaturi dhalang telu sing wus kondhang ing tlatah Ngayogya sa-kiwa-tengené. Bengi kang sepisan mbabar lakon 'Gathotkaca Rabi', bengi kapindho 'Wisanggeni Njaluk Rabi', lan bengi sing katelu mbabar lakon 'Wahyu Cakraningrat'.

Wayangan diadani ing pendhapa dalem jaya sentikan. Para tamu bisa mriksani saka sawalik-ing kelir ing dalem pringgitan. Dhaharan lan unjukan ndlidir mbanyu mili, prasasat ora kendhat sinuguhaké marang para tamu. Kabèh kaya ngrasakaké kabagyan kang sampurna.

Bareng karo among-among dina sepasaran, pangantèn loro diboyong saka dalem jaya sentikan menyang dalem wiratmajan. Bu Hargarini nganakaké upacara ngundhuh mantu ing dalem wiratmajan. Gandhèng kabèh tamu kantor wis diulemi nalika acara mantu, acara ngundhuh mantu mung diadani kanthi climèn. Sing diaturi rawuh lan disuwuni panjurung donga, mung tangga teparo kiwa tengen. Ora béda kaya nalika acara mantu, Bu Hargarini uga mahyakaké yèn ora nampa sumbangan. Amrih ora pati ribed, dhaharan lan unjukan dipesen saka *restoran* sawijing hotèl sing misuwur. Ora ana wayangan. Para tamu mung diaturi dhahar kembul bujana bebarengan, sinambi ngrungokaké pasugatan uyon-uyon déning paguyuban seni 'Mulya Laras'.

Kabèh wis kalegan manahé. Apa manèh penggalihé KRT. Jaya Sentika. Sawisé putrané wadon kelakon dhaup, kaya-kaya sanggan abot sing tumama dhadha wis bisa disingkiraké.

-0-

Kosa tembung:

Wijang = *jelas;*
ngreremih = *merengek;*
ka-osik = *tergerak/ timbul gagasan;*
sakala = *seketika;*
téja = *sinar/aura;*
surut = *meninggal; mahyakaké = menyatakan.*

11. DIRUDA-PEKSA

Durung rong lapan, Prasaja nglakoni urip bareng mbangun balé wisma anyar karo Puspitasari. Sanadayan ora linambaran tresna ing atiné Prasaja, nanging ngibaraté tawon kombang, nedheng manis-manisé nyecep banyu madu asmara. Dhasaré, kekaroné wis ngancik diwasa tumraping pribadi sing nedya mbangun balé somah. Sing kakung wis cekel gawé sing mapan, sing putri uga duwé usaha *butik* mligi ageman adat Jawa.

Apa manèh, nyatané Puspitasari dudu mung kenya salumrah. Puspitasari iku wanita kang wis diwasa, pinter ngadi-sarira, ngadi-busana. Uga prigel lan luwes, kebak tata-kramané wanita Jawa ngladèni kakung lan ibu marasepuh. Mula, Bu Hargarini banget anggoné kalegan lan rena ing penggalih, uga gemati banget.

Swasana kang sarwa éndah ing dalem wiratmajan iku ginanggu, nalika wayah lingsir wengi tumapak ésuk, tilpuné Bu Hargarini muni ngganter.

"Radèn Ayu! Ketiwasan, Radèn Ayu! Gendhuk Daniyah ical!" kandhané uwong sing ana ing tilpun, rada groyok.

"Apa? Daniyah ilang? Apa maksudmu, Pak?" wangsulané Bu Hargarini. Bu Hargarini banjur mirengaké katranganè Pak Kariyo.

Prasaja lan Puspitasari isih sujud sholat wengi ing kamaré. Nalika krungu ibuné ngendika bantas, Prasaja banjur nyedhaki. Rampung Bu Hargarini anggoné ngendikan ing tilpun, Prasaja matur.

"Wonten punapa, Ibu?"

"Daniyah lunga. Embuh ilang apa ngilang? Ayo! Kowé ndhèrèk ibu."

Ora mangsuli ibuné, Prasaja gya pamit bojoné yèn arep ndhèrèkaké Bu Hargarini.

"Lha, arep tindak menyang endi ta, Kangmas? Ana apa?" pitakoné Puspitasari.

"Ndhèrèkké ibu. Aku dhéwé ya durung ngerti. Dakterangké mengko," wangsulané Prasaja karo ngambung bathuké bojoné. Praupané semu peteng, kaya ana sanggan pikiran.

Puspitasari nguntapaké lungané Bu Hargarini lan Prasaja nganti ilang ing petenging wengi, kanthi ngemu pitakon ing pikiran. Ing wayah ésuk, adan subuh baé durung, généya ibu maratuwa lan bojoné kesusu lunga? Puspitasari nyoba nlesih marang para réwang, nanging ora ana sing ngerti perkarané.

*

Ndhèrèk dhawuhé Bu Hargarini, Narji nyopir mobil tumuju Désa Gumuk Dhuwur ing sikiling Gunung Merapi sisih kidul. Mesthi baé Narji bisa ngira-ira urusané, amarga nalika nitipaké Daniyah, uga Narji sing ngeteraké. Mung baé, Narji durung ngerti yèn Daniyah ilang utawa ngilang.

Sawetara kuwi, malah Prasaja sing durung ngerti cetha urusané. "Dhateng dalemipun Pak Kariyo ing Gumuk Dhuwur, wonten sesambetan punapa kaliyan Daniyah, Ibu?" Prasaja takon marang ibuné.

"Nalika semana Daniyah dak-titipaké Pak Kariyo. Dak-kon ngaku prunané saka Prambanan."

"Oh, makaten."

Prasaja ngerti, Pak Kariyo iku uwong sing biyèn dipitaya Pak Wiratmaja supaya ngopèni sapi. Nalika semana Pak Wiratmaja duwé usaha nggedhèkké sapi ing désa Gumuk Dhuwur. Nanging nalika Pak Wiratmaja séda, Prasaja ora greged nerusaké usaha kuwi. Prasaja luwih nyawijèkaké pikir ing usaha pomahan.

Durung nganti Bu Hargarini mudhun saka mobil, Pak Kariyo wis gupuh-gupuh mlayu mapagaké, karo njaluk pangapura.

"Radèn Ayu, saèstu nyuwun pangapunten, déné Gendhuk Daniyah késah saking griya," aturé Pak Kariyo gurawalan.

"Tenangna atimu, Pak."

Wong telu nuli mlebu omahé Pak Kariyo, njujug kamar sing dienggoni Daniyah. Bu Kariyo lan anaké loro uga padha ngetutaké.

Prasaja lan Bu Hargarini gya niti-priksa kahananė kamar. Ana kemul uwel-uwelan ing dhuwur kasur, ponsel gemléthak ing bantal, lan barang-barang pribadiné Daniyah isih ana kabèh. Kahanan kamar ora tumata becik, sajaké selak kesusu ditinggal lunga. Ing pamikirané Prasaja lan Bu Hargarini, Daniyah ora lunga karepé dhéwé. Yèn lunga karepé dhéwé barang-barangé mesthi digawa, saora-orané ditata apik.

"Pak Kariyo, sinten wau sing tangi paling riyin, Pak?" pitakoné Prasaja.

"Kula piyambak, Dèn Mas. Biyasanipun malah Daniyah ingkang sepisanan tangi. Gandhèng nalika kula tangi Daniyah dèrèng ketingal, lajeng kula padosi ing kamaripun. Nanging, kanyata kamar sampun kothong, lawang ngeblak boten dipun-tutup."

"Nalika Pak Kariyo wungu, konten butulan tutupan napa ngeblak, Pak?"

"Sampun ngeblak, Dèn Mas."

"Dados ... konten butulan sanès Pak Kariyo ingkang mbikak?"

"Sanès, Dèn Mas."

"Menawi mekaten, miturut panginten kula Daniyah boten késah saking kajengipun piyambak, ananging dipun-ajak utawi dipun-peksa tiyang sanès. Késahipun kesesa, satemah boten kober mranata kamar utawi mbekta barang-barangipun."

Sauntara wektu, Bu Hargarini lan Prasaja isih nyetitèkaké kahanan kamar. Nanging kaya wis ora ana sing bisa ditindakaké, mula banjur pamit Pak Kariyo.

"Pak Kariyo. Tenangna pikirmu ya, Pak. Dak-jaluk, marang tangga teparo perkara iki disidhem waé. Yèn ana sing takon 'ponakanmu ana endi', wangsulana yèn wis bali menyang Prambanan. Nanging yèn marang pulisi, matura apa kanyatané. Sawetara wektu, kamar iki aja diowah-owah. Yèn perkara iki perkara kaculikan, sapa ngerti ana bab-bab sing dibutuhaké déning pulisi kanggo srana nglacak, sapa sejatiné wong sing culika kuwi. Ngerti, Pak Kariyo?"

"Inggih, Radèn Ayu."

"Ya wis, aku pamit dhisik." Bu Hargarini ngendika marang Pak Kariyo karo ngulungi dhuwit.

Bu Hargarini nerusaké ngendika marang Prasaja, "Prasaja, ayo nyoba nglacak Daniyah ing sadawaning dalan sing tumuju Kaliurang lan Pakem."

Swasana sepi. Ing sadawaning dalan, wong telu ora ana sing kekandhan. Sawetara iku, sunaré srengéngé wis katon trontong-trontong saka bang wétan. Dumadakan keprungu swara tangisé Bu Hargarini.

"Pak Narji, mandheg sedhéla, Pak," kandhané Prasaja.

Prasaja banjur pindhah jok tengah, njèjèri ingkang ibu. Prasaja gya ngruket ibuné sing lagi nangis, klawan ngelus-elus bahuné Bu Hargarini.

"Ingkang sabar, Ibu. Mugi-mugi Daniyah manggih rahayu slamet, boten kirang setunggal punapa."

"Hhh ...!" Bu Hargarini nguculaké ambekan.

Saka Pakem mobil mlaku ngétan, nurut dalan alternatif Pakem-Prambanan. Ing kali Géndhol cedhak pratelon Bronggang ana kemrubungé wong akèh. Prasaja duwé panduga, aja-aja ana gegayutané karo Daniyah. Mobil nuli mandheg minggir, Prasaja takon marang wong sing ana kono. Bu Hargarini sing rumangsa tanggung jawab marang keslametané Daniyah emoh kèri.

Ditemokaké wong wadon isih enom ing kahanan semaput. Atiné Bu Hargarini lan Prasaja sangsaya trataban. Ora sranta, Prasaja gya miyak kemrubungé uwong. Nyata yèn iku Daniyah. Tanpa nenimbang dawa, Prasaja ngangkat Daniyah arep diunggahaké mobil lan digawa menyang *rumah sakit.* Nanging dumadkan ana wong nyenyandhang pulisi ngendheg lakuné Prasaja.

"Mengko dhisik, Ki Sanak! Ki Sanak sapa, lan apané wong sing semaput iki?"

"Nuwun sèwu, Pak Pulisi. Aku Prasaja, sing tanggung jawab tumrap bocah wadon iki. Selak mesakaké bocah iki. Prayoga digawa menyang rumah sakit luwih dhisik, urusané kèri."

"Ora segampang kuwi, Ki Sanak. Kabèh kudu *diprosès* miturut tata-cara ukum sing wis katetepaké."

"Aku ngerti, Pak Pulisi. Nanging apa iya, mung merga ngeboti *proses administrasi ukum* terus nglirwakaké keslametané bocah iki? Awaké dhéwé ora ngerti, kepriyé kahanan sejatiné bocah iki. Saora-orané, bocah iki gya ndang antuk pitulungan, semono uga proses ukum ya ditindakaké. Saiki kersané pak pulisi, kepriyé?"

Pulisi kuwi katon bingung, kudu kepriyé. Begja, ana pulisi siji manèh sing teka ing papan kedadéyan.

"Wis, ampingana bapak kuwi nggawa seksi kurban menyang rumah sakit. Ing papan kedadéyan dak-tandangané," kandhané pulisi awaké gedhé sing lagi teka.

Pungkasané, pulisi sijiné mèlu mobilé Prasaja, nggawa Daniyah menyang rumah sakit. Ing sadawaning dalan, pulisi nganakaké wawan wicara karo Prasaja lan Bu Hargarini, apa sesambungané wong loro kuwi karo Daniyah. Kanthi cetha lan jumbuh karo kanyatan, Prasaja njlèntrèhaké larah-larahé ana sesambungan karo Daniyah. Pulisi uga takon lan nyathet idhèntitasé Bu Hargarini lan Prasaja kanthi princi, klebu alamat omah. Idhèntitas iku dibutuhaké, bokmenawa sawayah-wayah perlu ana pamariksan sing luwih princi.

Ing rumah sakit, pulisi uga njaluk dianakaké pamariksan *visum* marang pasièn, kanggo bukti bokmenawa ana panyiksan lan utawa pangruda-peksan.

Nganti sauntara Daniyah anggoné semaput, ora énggal éling. Atiné Prasaja dadi miyur, aja-aja Daniyah ora bisa dislametaké manèh. Sasuwéné Daniyah dipriksa ing ruwang IGD, kabèh uwong kadhawuhan metu, supaya ora ngganggu pamariksan.

Nanging sadurungé metu Prasaja isih takon, “Dhokter! Kadospundi kawontenanipun laré punika, Dhokter? Kok, anggènipun semaput dangu sanget?”

“Punika boten namung semaput, Pak. Nanging ugi amargi ketaman obat bius.”

Dheg! Atiné Prasaja sangsaya trataban. Aja-aja Daniyah pancèn ngalami pangruda-peksan? Mula bener banget yèn pulisi njaluk supaya Daniyah *di-visum* sisan. Bisa kanggo nanjihaké perkara kuwi.

-0-

Kosa tembung:

Ngemu = *mengandung;*
gurawalan = *terbata-bata;*
konten = *pintu;*
kaculikan = *kadurjanan* = *kejahatan;*
pratelon = *pertigaan;*
pangruda-peksan = *pemerkosaan.*

12. KEDUWUNG

Bu Hargarini sajaké uga duwé pamikiran sing padha, Daniyah diruda-peksa. Astaghfirullah! Ateges, Daniyah wis ora prawan manèh. Nanging sing gawé miris, ilang prawané amarga diruda-peksa. Lan iku dumadi, kaya-kaya amarga pokalé Bu Hargarini nyingidaké Daniyah. Ana rasa getun ing penggalihé Bu Hargarini. Bu Hargarini ora bisa ngampet eluhé, nangis ngguguk ing rumah sakit.

"*Astaghfirullah al-'azhim. Ya Allah Ya Rabbi! Kok lé tiba nelangsa temen nasibé bocah iki. Bisa remuk rempu ati lan pangrasané. Bisa ajur mumur urip tembé buriné. Muga-muga baé Daniyah ora mopo, ora pupus saka pengarep-arep becik,*" pangudarasané Bu Hargarini.

Ana rasa keduwung ing penggalihé Bu Hargarini, génèya nalika semana ndadak nyingidaké Daniyah ing omahé Pak Kariyo. Saupama ora, bokmenawa ora ana lelakon iki. Ora ngira babar-pisan, atasé désa mencit ing pucuking gunung Merapi kaya désané Pak Kariyo kuwi, jebul ana wong candhala sing banget wengisé.

Kaya ana wesi sembrani sing ngobahaké, Bu Hargarini lan Prasaja padha nolèhé, pandeng-pinandeng. Ing pangrasané Bu Hargarini, panduluné Prasaja kok kaya nyalahaké dhèwèké. Wanita ayu kuwi banjur ngambruk ing dhadhané anak lanang, bali nangis manèh.

"Prasaja ...," ngendikané Bu Hargarini lirih, mung satembung.

"Inggih, Ibu?" wangsulané Prasaja semu ngemu pitakon.

Abot banget tumrap Bu Hargarini arep ngucapaké tembung sabanjuré.

"Ibu kuwatir ... aja-aja ... Daniyah diruda-peksa déning uwong ala," ngendikané manèh karo ngencengaké anggoné ngekep anaké lanang.

"Hhh ... nyumanggakaken, Ibu," wangsulané Prasaja uga lirih, sinambi unjal ambekan dawa. Prasaja ora wani matur dawa-dawa, supaya ora nambahi sanggan ibuné. Prasaja dhéwé yektiné ya krasa abot banget, mbayangaké Daniyah diruda-peksa déning uwong sing ora duwé tanggung jawab.

"Ibu njaluk pangapura, Prasaja. Ora samesthiné aku nyingkiraké Daniyah, sanadyan mung sauntara wektu. Sing tundhoné bocah kuwi malah nemoni kacilakan. Kacilakan sing banget aboté, kacilakan sing bakal sinandhang salawasé urip. Oh ... sepira dosaku ing perkara iki? Daniyah ... aku njaluk pangapura, Ndhuk."

Prasaja ora bisa matur apa-apa, ora ngerti apa sing arep diaturaké. Ora krasa, nadyan ora nganti tumètès, luh anget kumembeng ing mripaté. Tanganė ngelus-elus bahu ibuné. Mesakaké banget. Sanadyan ibuné priksa perkara Daniyah wiwit mula, nanging sasuwéné iki prasasat ora tau mundhut priksa, apa manèh péngin wanuh karo Daniyah. Ngertiné, Prasaja iku tumindak becik, mbiyantu bocah lola sing mbutuhaké pitulungan. Lha kok ndilalah, ndadak dhèwèké duwé gagasan nyingidaké Daniyah mung karebèn Prasaja gelem énggal rabi karo Puspitasari.

Prasaja uga bingung. Yèn bener Daniyah diruda peksa déning sawijining uwong, terus kepriyé? Yèn ora ngandhut, kepriyé? Yèn ngandhut, ya terus kepriyé uripé

Daniyah? Apa iya kelakon, Prasaja meneng baé ora cawé-cawé? Tangèh lamun! Wis pirang-pirang taun Prasaja nanggung uripé Daniyah. Apa iya, saiki nalika Daniyah nandhang kacilakan lan mbutuhaké pambiyantu, Prasaja mung meneng baé?

Prasaja ora bisa nyélaki kasunyatan, yèn sejatiné, ing atiné ana wiji tresna marang Daniyah. Jan-jané ya ora klèru panggrahitané ingkang ibu, menawa dhèwèké ora énggal gelem nikah karo Puspitasari ya amarga ana rasa tresna marang Daniyah. Nanging babar pisan ora ngira yèn ibuné bakal tumindak adoh tekan samono. Malah banjur ana perkara iki.

Yèn Daniyah ora ngandhut, ya senadyan wis kélangan prawané ning isih bisa disidhem, lan Daniyah bisa nerusaké uripé kaya biyasané sing uwis-uwis. Nanging, yèn tekan titi mangsané Daniyah kudu rabi, bisa-bisa diperkarakaké déning bojoné, amarga wis ora prawan. Tan begjané, balé somah bubar ambyar.

Nanging yèn nganti Daniyah ngandhut, ora bisa disidhem ngono baé. Kabèh uwong bakal ngerti nalika Daniyah nglairaké bayi tanpa bapak. Kang mangka sasuwéne iki srawungé Daniyah ya mung karo Prasaja. Oh ... nistha banget, mbarang wirang!

Yektiné ana cara kanggo nutupi wirang kuwi, yaiku Daniyah dinikah déning Prasaja. Daniyah dadi maruné Puspitasari. Nanging, apa Puspitasari gelem dimaru? Apa Daniyah uga gelem? Apa Bu Hargarini uga sarujuk? Akèh banget pitakonan sing kudu dijawab. Sirahé Prasaja dadi mumet.

"Punapa panjenengan ingkang asma Pak Prasaja?" pitakoné pegawé rumah sakit gawé kagèt, njugaraké Prasaja anggoné ngalamun.

"Inggih, Bu."

"Mangga, katuran tindak mlebet, Bapak. Dhokter ngersakaken pangandikan kaliyan panjenengan."

"Oh, inggih, Bu," wangsulané Prasaja karo ngadeg lan ngetutaké pegawé rumah sakit kuwi.

Prasaja lungguh adhep-adhepan karo dhokter, ing ruwang kerjané sing rada mojok ruwang IGD.

"Bapak, nuwun sèwu. Wonten bab-bab ingkang kedah kula aturaken. Ingkang sepisan, sasampunipun dipun-priksa kanthi tliti, kacihna bilih *selaput dara* utawi *hymen*-ipun Mbak Daniyah sampun boten wetah, lan suwèkipun taksih énggal. Menawi basa limrahipun, kawastanan 'sampun boten prawan' malih. Ingkang nomer kalih, ing pawadonanipun pasièn wonten *sperma*-nipun. Nanging pihak griya sakit boten saged matur, punika kedadosan pangruda-peksan utawi suka sami suka. Pihak griya sakit ugi dèrèng saged matur, Mbak Daniyah ngandhut punapa boten. Menggah kesèhataning raga, boten wonten ingkang nguthawatiri. Namung kémawon, ingkang bokbilih langkung awrat, inggih punika sanggan psikologis. Pihak griya sakit namung caos pamrayogi, pihak kluwarga kedah ageng panyengkuyungipun dhateng Mbak Daniyah, sampun ngantos piyambakipun rumaos asor, boten pangaji, boten wonten ginanipun gesang malih, lan sapanunggalanipun. Punapa malih menawi bénjing kabuktèn ngandhut, sanggan psikologis-ipun sangsaya awrat."

Prasaja ngrungokaké kanthi premati. Ora bisa ginambaraké, kaya ngapa bingungé Prasaja.

"Bapak, sampun cekap atur kula. Punika wau Mbak Daniyah sampun *sadhar*. Mangga, kluwarga kula aturi manggihi, lan tansah mbombong manahipun. Mangké menawi Mbak Daniyah sampun kiyat lenggah lan tindak-tindak, kepareng kondur, sasampunipun ngrampungaken administrasi pembayaran."

"Matur nuwun, dhokter," kandhané Prasaja karo metu saka ruwang dhokter.

Prasaja nuli marani ibuné, lan ngajak mlebu niliki Daniyah ing paturoné.

"Apa ngendikané dhokter, Prasaja?"

Prasaja nuli ngaturaké kabèh apa sing dingendikakaké dhokter. Bu Hargarini sing wis ngadeg, dumadakan sirahé krasa kaya mubeng mungser. Gandhèng krasa arep tiba, banjur bali lenggah manèh ing dhingklik dawa ngarep ruwang IGD.

"Mengko dhisik, Prasaja. Sirahku kok krasa nggliyer."

"Oh, mangga lenggah rumiyin, Bu."

Ora suwé Bu Hargarini wis krasa kepénak, nuli digandhèng Prasaja mlebu ruwang IGD.

"Dèn Mas," kandhané Daniyah lirih. Mripaté sing biyasané bening mblalak, katon surem ora sumunar. Èsem sing biyasané sinungging ing lambéné, babar pisan ora ana pasemon, kasilep ing rasa sedhih kang jero.

"Kepriyé kahananmu? Apa sing kok-rasakaké, Daniyah?"

Durung nganti wangsulan, Daniyah nolèh marang wong wadon sing ana ing buriné Prasaja. Mripat sing mau katon surem, dumadakan malih mencorong semu abang kaya nyemburaké geni, ngampet kanepson. Polatan sing mau katon sedhih banget, malih dadi abang mbranang.

"Radèn Ayu! Panjenengan ingkang sampun njlomprongaken kula dhateng kanisthan. Béla kabagyaning putra, nanging tegel tumindak candhala dhateng asanès. Téga 'makakaken' kula dhateng 'baya dharat' ingkang wengis lan nggegirisi. Menawi kula boten ènget, kula gesang punika inggih awit pambiyantunipun Dèn Mas Prasaja, inggih putra panjenengan, mesthinipun panjenengan punika sampun kula labrag," kandhané Daniyah, praupané katon mangah-mangah.

Nanging dumadakan praèné malih dadi katon sedhih manèh. Malah banjur nangis sesenggukan, klawan kandha sanadyan pedhot-pedhot merga tangis.

"Pramila saking punika, kula suwun panjenengan énggal késah saking ngajeng kula, Radèn Ayu. Kula boten sudi ningali pasuryan panjenengan ingkang manis ayu, sajak kebak kawicaksanan, nanging nyatanipun wengis kepati-pati. Mangga! Kula aturi medal saking ngriki, Radèn ...," swarané Daniyah sangsaya seru, karo tangané nudhing lawang.

"Daniyah! Delengen aku, *SETOP.*"

Cep-klakep! Daniyah meneng anggoné kekandhan, nanging nuli nangis sesenggukan manèh.

Bu Hargarini blangkemen ora bisa kekandhan. Lambéné kaya ana sing ngunci, angèl lan abot banget diobahaké kanggo ngendikan. Ndeleng kahanané bocah wadon kuwi, penggalihé Bu Hargarini pancèn bingung. Sanadyan dikaya-ngapa dhèwèké rumangsa salah.

Salawasé Bu Hargarini urip sajeroning mèh 60 taun ing kluwarga bangsawan, lagi sepisan iki, ya dina iki, ana wong - malah mung bocah - sing wani nguman-umani, wani ngundhat-undhat, kepara wani nglabrag. Kang mangka sasuwéné iki, sing nguripi bocah kuwi ya kluwarga Bu Hargarini.

-0-

Kosa tembung:

Tundhoné = *akibatnya;*
jugar = *gagal;*
kacihna = *terbukti;*
kasilep = *tenggelam;*
nguman-umani = *memarahi.*

13. CENGKAH 1

Nanging anèhé, Bu Hargarini ora duka, ora serik, lan ora madoni. Kabèh ditampa kanthi sabar lan éklas sanadyan sejatiné krasa abot ing atiné. Iku mau kagawa anané rumangsa salah, généya nalika semana ndadak nyingidaké Daniyah ing omahé Pak Kariyo. Pasemoné, kaya-kaya Bu Hargarini wis njlomprongaké lan makakaké Daniyah marang bajul dharat sing nggegirisi lan nggilani.

"Prasaja, dhadhaku kok seseg, aku lawanana daklungguh ing dhingklik ngarepan."

"Mangga, Ibu."

Sawisé Bu Hargarini lenggah prayoga, Prasaja matur, "Ibu, punapa ibu kersa kula dhèrèkaken kondur rumiyin, supados saged ngaso ing dalem, Ibu."

"O ... iya, prayoga yèn ngono."

Karo lungguh ing sandhing supir, Prasaja mikir bab kedadéan Daniyah diruda-peksa wong, lan sesambungané karo ibuné. Sajaké Daniyah yakin banget, yèn Bu Hargarini sing 'ndhalangi' kedadéan kuwi. Mula banjur kélangan suba-sita lan tata-krama, wani nglunjak marang wong tuwané. Prasaja uga banjur mikir, kudu nlisik lan nggolèki sapa sejatiné 'dhalang' lan 'wayangé', ngiras-ngirus mbiyantu pulisi nggolèki durjana kuwi. Yèn nganti durjana kuwi ora kecekel, Daniyah bakal duwé panduga ala marang ibuné, salawasé. Lan, yèn Daniyah duwé panduga ala marang ibuné, perkara kuwi bakal dadi sanggan psikologis sing abot tumrap ibuné. "Hehh ..." Prasaja unjal ambekan landhung.

*

Teka saka ndèrèkaké kondur ingkang ibu, Prasaja bali mlebu ing ruang IGD. Sasat sedina nutug, Prasaja nunggoni Daniyah. Ya kepriyé manèh wong nyatané Daniyah ora duwé sapa-sapa ing alam donya iki kejaba Prasaja. Wayah soré bubar ngasar, sawisé dipriksa dhokter sepisan manèh, Daniyah dikeparengaké bali. Karo Prasaja, Daniyah dieteraké bali menyang asrama MPBS.

Nalika semana pamité mung pindhah sauntara, mula dina iki bali menyang asrama. Yèn nalika pindhah sing mapag Bu Hargarini, saiki sing ngeteraké, Prasaja. Marang ibu kepala asrama lan Larasati utawa Raras, Prasaja blaka apa kang sejatiné dumadi. Kanthi pesen, priyayi loro kuwi dijaluk nyidem perkara ini pinangka wewadi. Prasaja malah uga nitipaké Daniyah marang Bu Raras lan Bu Aisyah, supaya bisa mbiyantu ngawat-awati, amarga perkarané Daniyah isih dadi urusan pulisi. Sawayah-wayah Daniyah bakal ditimbali pulisi kanggo awèh katrangan paseksèn gayut karo perkarané.

Marang Daniyah, Prasaja uga pesen supaya tansah ngati-ati. Aja metu saka asrama yèn ora penting banget. Lan yèn kepeksa metu kudu ana kancané, aja dhéwé. Sadurungé durjana iku kecekel, yekti Daniyah isih ana ing sajeroning bebaya. Aja-aja si durjana isih ngincer patiné Daniyah, supaya ora mbukak wadiné nalika nindakaké pangruda-peksa. Utawa bisa baé sadurungé dipatèni isih diruda-peksa manèh. Mula Daniyah kudu tansah ngati-ati banget.

Sadurungé bali mulih, Prasaja kandha marang Daniyah, "Aku sing njalukké pangapura kanggo ibuku, Daniyah. Ibu wis ngrumangsani yèn klèru, mindhahaké sliramu menyang omahé Pak Kariyo nalika semana. Ibu ngendika, yèn keduwung nyingidaké sliramu. Nanging, tangèh lamun ibu kok njlomprongaké sliramu marang durjana. Sanadyan kluwargaku dudu kluwarga sing tanpa dosa, nanging watak ngono kuwi adoh saka ibuku, Daniyah."

Daniyah mandeng Prasaja, sauntara wektu ora wangsulan, malah banjur kèlingan lelakon sing wis dumadi. Daniyah nangis kami-sesegen manèh. Pancèn nelangsa banget nasibé Daniyah. Nalika isih cilik baé wis kudu kélangan kabèh kluwargané. Nalika dadi prawan, saupamaa kembang, kembang sing lagi mekar tuwuh ngrembaka, tawon kombang alasan ngrusak sakabèhé.

Daniyah kandha karo nangis, "Nggih, nyuwun pangapunten. Temtu kémawon panjenengan mbélani ingkang ibu. Nanging manah kula punika sampun ajur mumur, Dèn Mas. Kanggé punapa malih gesang kula punika. Raga kula sampun reged, jember, jenes, sampun dipun-cecamah déning bajul dharat laknat. Sampun boten wonten pengajeng-ajeng malih. Dinten-dinten ingkang kadospundi ingkang saged kula ajeng-ajeng ing tembé, menawi kawontenan kula sampun kados makaten? Dhuh Gusti, kénging punapa boten Paduka banjut kéwala nyawa kawula punika, Gusti?"

Prasaja nge-neng-aké Daniyah nangis satutugé. Sapa ngerti tangisé bisa ngènthèng-ènthèngi sanggan.

Nalika tangisé Daniyah wis mendha, Prasaja takon kanthi alus, "Yèn aku olèh ngerti, ana pirang perkara déné sliramu cubriya ibu sing njlomprongaké awakmu?"

“Kedadosan ruda peksa punika boten dangu sasampunipun kula dipun-singkiraken déning ndara sepuh. Kula kinten wonten sesambetanipun ing antawisipun pindhah lan kedadosan punika. Namung wonten setunggal tiyang ingkang péngin nyingkiraken kula, inggih punika radèn ayu. Kejawi punika, durjana punika saged nyebat nama kula. Rak ateges durjana punika sanès tiyang ingkang tebih saking gesang kula.”

“Coba pikiren, Daniyah. Yèn ibuku niyat nyingkiraké sliramu salawasé, généya ibu ndadak mindhah sliramu? Généya kok ora dhawuh matèni sanalika, nalika isih ana asrama? Apa bédané sliramu manggon ing asrama utawa ing omahé Pak Kariyo? Karo manèh, yèn pancèn arep matèni sliramu, kenang-apa ndadak ndedawa perkara nganggo diruda-peksa, ora sanalika diperjaya baé?”

“Namung ndara sepuh ingkang péngin nyingkiraken kula, supados Dèn Mas Prasaja kersa krama.”

“Apa sliramu kenal karo durjana kuwi?”

“Boten.”

“Yèn ngono, génèya sliramu nganti bisa kepikut déning durjana kuwi, Daniyah?”

“Wayah sepi tiyang, wonten swanten wanita, lirih sanget, saking sajawining gedhég. Swanten wanita punika ngaken yèn kanca kula. Piyambakipun criyos, menawi betah pitulungan. Mila kula lajeng mbikak konten butulan. Nanging, nembé kemawon medal, irung lan cangkem kula nuli dipun-bungkem nganggé kacu. Kula kraos nyedhot ambet ingkang nyegrak ngantos boten ènget, lan ènget malih nalika sampun gumléthak ing griya sakit.”

“Dadi, durjana kuwi nyebut jenengmu. Ateges durjana kuwi kenal sliramu, utawa dikongkon déning uwong sing kenal sliramu.”

"Inggih, bokmenawi makaten. Nanging kénging punapa Dèn Mas mundhut priksa nlesih-nlesih kados déné pulisi? Kula punika sampun dhawah apes, malah dipun-priksa kados déné pesakitan," kandhané Daniyah karo bali nangis mingseg-mingseg.

"Oh ... aku njaluk pangapura. Ya wis, aku pamit dhisik. Aja lali tansah ngati-ati, aja-aja durjana kuwi isih ngincer patimu."

"Inggih, Dèn Mas. Nanging menawi kula sanalika dipun-pejahi, kadosipun malah dhawah kleresan. Sampun boten wonten pengajeng-ajeng malih tumrap kula."

"Aja kandha kaya ngono, ora kena nglokro. Pati urip iku wenangé Gusti Allah SWT."

Daniyah meneng baé, ora wangsulan. Ora nguntapaké lungané Prasaja, alon ... Daniyah mlebu tumuju kamaré. Ya wiwit dina iku, solah bawa lan patrapé Daniyah malik grémbyang. Saiki akèh menengé, seneng ndhéwé ora seneng awor kancané. Sawayah-wayah kaya-kaya mung tansah ngalamun. Mripat katon surem, kothong. Yèn kancané ulah raga, Daniyah mung trima dadi panonton. Mangkono uga yèn wayahé mangan ing asrama, trima mangan dhéwé ing kamar emoh bareng kancané. Kaya Daniyah nalika lagi pindhah menyang asrama MPBS.

*

Ing sadawaning dalan, atiné Prasaja tansah gorèh, apa sing kudu ditindakaké.

Wayah surup ngancik magrib, Prasaja lagi tekan ngomah. Saranduning awak krasa kesel lan lungkrah kabèh. Sedina nutug, wiwit sadurungé jago kluruk nganti magrib ora kober ngeluk geger. Sedina ya durung adus, sandhangan lan awaké mambu kecut kabèh.

Tekan ngomah, Prasaja disuguhi ulat petengé Puspitasari. Puspitasari wis ngadeg ing undhak-undhakan pendhapa dalem wiratmajan.

"Ana apa iki? Kok sajak ora kalegan atiné?" pitakoné Prasaja marang Puspitasari, sinambi ngambung bathuké.

"Ibu wis crita kabèh bab Daniyah. Klebu sesambungané karo Kangmas Prasaja lan kedadéyan dina iki."

"Oh," wangsulané Prasaja cekak, karo mlaku mlebu kamar ing dalem ageng, arep njupuk salin lan adus.

Prasaja dhéwé ya bingung, arep mangsuli apa. Begja, ibuné malah wis crita dhisik marang Puspitasari. Embuh, apa baé sing wis dicritakaké ibuné. Paribasané mung kari nggenepi. Saupama Prasaja dhéwé sing kudu crita, bokmenawa malah kecipuhan. Lumrahé, luwih kepénak ngrasani wong liya, tinimbang ngandhakaké awaké dhéwé.

Sanadyan Puspitasari iku wanita kang sempurna, prasasat ora duwé cacad, nanging pancèn ora ana rasa trena ing atiné Prasaja. Mangkonoa, Prasaja ya ora mentala yèn kudu blaka suta, apa kang dadi isi atiné kuwi. Apa manèh wis akèh crita lan tuladha, akèhing kluwarga sing bisa nemoni bagya mulya sanadyan dibangun tanpa linambaran rasa tresna. Mula Prasaja trima dora sembada. Ora ana alané dora marang bojoné kanggo gawé senengé bojo, lan ngudi kabecikan.

Nalika Prasaja metu saka kamar mandhi, Puspitasari nedheng lungguh ing dhipan. Polatan katon sedhih, mripat kekembeng eluh. Pandulu nrawang adoh liwat jendhéla kaca. Lambé sing biyasané kebak èsem kuwi, tinutup rapet. Tangan loro sumèlèh ing pangkon, kaya golèk kayu 'loroblonyo'.

Tanpa nolèh, Puspitasari kandha, "Dadi ... sasuwéné iki, jebul Kangmas Prasaja 'ki ora tresna marang aku, ta?"

Prasaja nolèh ndeleng bojoné, nanging ora wangsulan. Tangané uwed nganggo sandhangan. Lha ya arep wangsulan kepriyé? Apa arep wangsulan 'iya'? Lha rak malah mung kaya ngububi mawa bathok dibyuk-i blarak garing. Nanging yèn meneng baé, mesthi Puspitasari bakal duwé panyakra-bawa sing ngambra-ambra, tan begjané bisa ngambyaraké balé somah sing umuré prasasat durung genep saumur jagung.

-0-

Kosa tembung:

Durjana = *penjahat;*
kadurjanan = *kejahatan;*
ngawat-awati = *menjaga dan mengawasi;*
cecamah = *dilecehkan;*
kéwala = *saja;*
diperjaya = *dibunuh;*
kepikut = *ditangkap;*
sarandu = *sakojur* = *seluruh/sekujur tubuh;*
golèk = *boneka kayu.*

14. CENGKAH 2

Rampung anggoné dandan, Prasaja lungguh njèjèri Puspitasari ing sisih kiwané. Nuli ngranggèh bau bojoné kiwa tengen, lan diadhepaké marang dhèwèké dhéwé. Puspitasari babar pisan ora nanggapi solah tingkahé Prasaja. Ora nulak utawa ndhuwa, nanging uga ora kok banjur mandeng utawa ngruket. Panduluné tetep nrawang adoh, tangan loro mung gumantung. Polatan kemba, tanpa pasemon.

Prasaja mandeng mripaté Puspitasari, nanging panduluné Puspitasari tumuju jogan ing ngarepé. Prasaja gya nèmpèlaké tapak tangané loro ing pipi kiwa tengen bojoné. Puspitasari didangakaké, satemah mripat papat pandeng-pinandeng.

Sinambi nyedhakaké mripat padha mripat, Prasaja kandha, "Dhiajeng. Perkara kuwi ora perlu dirembug manèh, ora perlu digedhèk-gedhèkaké, mundhak malah mung nglarani ati awaké dhéwé wong loro. Sanadyan bokmenawa aku ora tau, utawa arang mahyakaké tresnaku kanthi cara lésan, nanging yektiné aku tresna marang sliramu, Dhiajeng. Nyatané saiki awaké dhéwé wis bisa nyawiji pinangka salaki rabi. Aku wis mbudi-daya dadi wong lanang sing bisa ngenggoni jejerku. Ya pinangka jejering putra tumrap Ibu Hargarini, uga pinangka jejering kakung tumrap Dhiajeng Puspitasari, bojoku. Éwa semono, yèn ana kurangé anggonku madeg pinangka jejering kakung tumrap pawèstri, kandhakna marang aku.

Endi sing kurang, lan aku kudu kepriyé, Dhiajeng. Ora ana gunané aku kandha 'tresna' kaping pitu likur sedina, yèn solah bawa lan patrapku kanyata ora sembada."

"Mung lamis!" kandhané Puspitasari kepatèn ukara.

Apa sing dikandhakaké Prasaja pancèn bener. Sanadyan ngaku tresna kaping pitu likur sedina nanging yèn ora sembada, pédah apa? Ana rasa gemes, mangkel, ngigit-igit, gregeten, lan gumun semu ora percaya, ing atiné Puspitasari. Wong sing banget ditresnani, sing sasuwéné iki katon tansah ngemong lan gemati marang dhèwèké, jebul ora tresna. Kang mangka tresnané Puspitasari kepati-pati.

Yèn nggatèkaké solah bawa lan patrapé Prasaja saben dinané, pancèn ora ana sing nguciwani. Banget gemati lan kebak tresna asih marang Puspitasari. Ora tau nglirwakaké tanggung jawabé pinangka jejering kakung lan *kepala kluwarga*. Puspitasari babar pisan ora ngira.

Karo nangis ngguguk, eluh dlèwèran ing pipiné, Puspitasari ngantemi dhadhané Prasaja nganggo tangan loro. Mesthi baé dudu anteman sing gawé lara, mung kagawa saking anggoné gregeten baé. Puspitasari rumangsa sedhih, généya tresnané marang Prasaja mung keplok sesisih, ora tinimbangan.

Bokmenawa wis kesel amarga aboté sanggan pikiran, lan uga anggoné ngantemi Prasaja, Puspitasari ambruk lemes ing dhadhané bojoné. Mangkonoa, tangisé durung mendha isih kamisesegen. Prasaja ngladèni bojoné kanthi sabar. Ya wataké Prasaja ngono kuwi sing bisa gawé luluh atiné Puspitasari.

Nanging, pungkasané Puspitasari kandha, "Sawetara wektu aku arep bali menyang dalem jaya sentikan."

Prasaja bali mandeng bojoné sing ayu 'njawani' kuwi. Sinambi ngelus-elus rambuté bojoné, Prasaja kandha, "Ora prayoga, Dhiajeng. Awaké dhéwé iki wis padha diwasané, dudu bocah cilik manèh. Aja sethithik-sethithik purik, apa manèh nganti wadul marang wong tuwa. Patrap ngono kuwi bisa gawé susah lan sedhihé wong tuwa. Kang mangka mesthiné, yèn bisa, awaké dhéwé iki malah kudu ngènthèng-ènthèngi sanggané wong tuwa."

Puspitasari meneng baé.

*

Wayah bengi, dina candhaké, Bu Hargarini dhahar bareng Prasaja lan Puspitasari. Rampung anggoné padha dhahar, Bu Hargarini ngersakaké pangandikan karo putrané loro.

"Bik Iyah. Iki anggoné mangan wis rampung. Énggal lorod-ana ya, Bibik! Lan kowé dak-keparengaké ana pawon, sawetara wektu aku durung perlu pambiyantumu!" ngendikané Bu Hargarini.

"Inggih, Ndara."

Mung kari wong telu lungguh ing méja dhahar ruwang tengah dalem ageng. Nitik saka panduluné sing katon surem, Bu Hargarini priksa yèn Puspitasari, putrané mantu, lagi nandhang sedhih. Ing panggrahitané, sing dadi jalaran ora liya ya perkarané Daniyah.

"Prasaja lan Puspitasari, anakku sakloron. Wingi ésuk aku wis crita marang Puspitasari bab sesambungan antarané Prasaja lan Daniyah. Yén Daniyah kuwi bocah lola saka pucuk gunung sing ora duwé sapa-sapa, wiwit klas siji SMP dadi tanggungané Prasaja. Nanging Bokmenawa ora dadi karepmu, ibu njaluk pangapura," Bu Hargarini miwiti pangandikan.

Putrané loro meneng baé ora ana sing nyaut.

"Tumrap ibu, ngono kuwi yekti tumindak sing becik lan prayoga. Nanging nalika Daniyah sangsaya gedhé, lan Prasaja tansah semaya yèn dak-dhawuhi nikah, ibu banjur duwé panduga liya. Iki mung pandugaku. Aja-aja Prasaja kepéncut marang Daniyah. Nalika bola-bali jantungku kumat, adreng kekarepanku énggal ndhaupaké sliramu bocah loro. Aja nganti, nalika aku mati, sliramu bocah loro durung kelakon rabi. Amrih Prasaja ora semaya manèh, kanthi nemaha Daniyah dak-singidaké. Yèn ibu crita bab kuwi marang Puspitasari, babar pisan ibu ora duwé karep 'nglancipi carang papak'. Tegesé ora arep memanas atiné Puspitasari. Karepku mono, karebèn Puspitasari ngerti kahanan sanyatané, aja nganti kluwarga iki kaya-kaya kesaput wewadi. Nanging, kaya wis dadi kersané Gusti Allah, kedadéané malah ngambra-ambra ora kaya sing dak-karepaké. Daniyah malah diculik lan diruda-peksa déning wong candhala. Saiki ibu dhéwé sing rumangsa keduwung. Keduwung gedhé. Mula pamundhutku, Puspitasari bisa-a nampa kahanan iki."

"Dados ... menawi mekaten, èstunipun Kangmas Prasaja punika boten tresna dhateng kula nggih, Ibu?" Puspitasari nyaut rembug, kaya golèk bala kanggo nyengkuyung panemuné.

"Ibu ora ngendika ngono. Mung sliramu dhéwé sing bisa ngrasakaké. Sanadyan upamané Prasaja ora tau kandha tresna, nanging Puspitasari rak bisa ngrasakaké solah bawa lan tingkah lakuné Prasaja. Apa solah bawa lan tingkah lakuné kebak tresna asih, lèleh luwèh ora perduli, utawa tumindak ambeg-siya, sewiyah-wiyah marang bojo? Kuwi mung sliramu dhéwé sing bisa ngrasakaké, sanadyan wong liya bisa ndeleng pasemoné."

Prasaja lan Puspitasari meneng baé. Mangkonoa, wis tumanjem ing atiné Puspitasari yèn Prasaja yektiné ora tresna marang dhèwèké. Tresnané mung kanggo Daniyah.

"Ing jaman kang kawuri, dhauping pengantèn akèh sing tanpa linambaran tresna sadurungé. Kaya ibu lan swargi ramamu dhéwé. Aja manèh kok tresna. Kenal baé durung, kepriyé anggoné bakal tresna. Mituhu dhawuhé wong tuwa, aku lan ramamu dhaup. Nyatané anggoné omah-omah yang bisa lestari nganti tekan kakèn-kakèn ninèn-ninèn, malah nganti tekan puputing yuswa tumrap ramamu."

Bu Hargarini ngendika akèh-akèh. Kersané mono nggedhèkaké atiné Puspitasari, amrih anggoné bebojoan karo Prasaja bisa langgeng. Nanging atiné Puspitasari kaya ora kéguh, tetep baé gela marang Prasaja. Sawetara iku, Prasaja sing ana ing kahanan sarwa pakéwuh, trima meneng baé.

*

Pulisi cèkat-cèket gya tumandang gawé, wiwit mriksa kabèh pihak sing dinuga ana gegayutané karo kedadéan Daniyah diruda-peksa durjana. Tujuwané, nggolèki sapa sing sejatiné tumindak utawa dadi dhalangé perkara kuwi, supaya bisa diadili lan nampa paukuman sing murwat karo kaluputané. Barang bukti sing arupa panganggoné (sandhangan lsp.) Daniyah nalika kedadéan, uga wis disita pulisi. Klebu sidik-jari sing ana ing barang bukti mau.

Ing perkarané Daniyah, Prasaja dhéwé yektiné ora pati sarujuk karo anané pamariksan déning pulisi, apa manèh nganti tekan pengadilan. Ngono kuwi prasasat mung kaya njèrèng aib mbarang wirang. Nanging Prasaja ora bisa menggak utawa ngalang-alangi. Perkarané Daniyah iku perkara *delik biasa* (dudu *delik aduan*), ora bisa diendhegaké sapa baé sanadyan déning wong sing rumangsa nandhang kapitunan.

Kang sepisanan dipriksa, mesthi baé Daniyah pinangka seksi kurban. Wayah soré sawisé Daniyah dipriksa pulisi, Prasaja teka menyang asrama, saperlu takon bab-bab sing ditakokaké déning pulisi. Gedhé tekadé Prasaja nedya miyak sapa sejatiné dhalang utawa wayang ing lelakoné Daniyah. Prasaja ora kaya biyasané lunga dhéwé ngalor ngidul, soré iku ana kenya ayu sing ngampingi. Nalika Prasaja pamit yèn arep nemoni Daniyah, Puspitasari kukuh kudu mèlu, péngin ngerti kaya ngapa prawan ndésa sing bisa gawé atiné Prasaja luluh lan kepéncut.

Nalika kancané ngandhani yèn ana tamu, Daniyah banjur nyuwun idi palilah marang pengurus asrama. Pengurus asrama mèlu menyang ruwang tamu. Nanging bareng ngerti yèn tamuné iku Prasaja, pengurus asrama ninggalaké Daniyah karo tamuné. Prasaja lan Puspitasari wis lungguh ing kursi tamu.

"O ... iki ta prawan ndésa sing bisa njalari ontran-ontran kuwi. Nganti bojoku baé kepéncut, malah wong liya ora bisa ngampet birainé. Kok lé ampuh temen bisa dadi pangéram-éram," kandhané Puspitasari lirih nanging sengol, nalika Daniyah metu menyang ruwang tamu.

"Dhiajeng! Aja ninggal kasusilan, Dhiajeng," kandhané Prasaja ngelingaké bojoné.

Sanadyan kandhané Puspitasari mung lirih, nanging Daniyah isih krungu. Daniyah sing atiné lagi remuk rempu lan kélangan pengarep-arep, mentheleng mandeng Puspitasari. Yèn ora éling wong wadon kuwi teka mrono karo Prasaja sing sasuwéné iki nguripi dhèwèké, bokmenawa wis dilabrag déning Daniyah.

"Aja manèh kok mung padudon lan pasulayan karo wong wadon kuwi, mati baé bakal dak-lakoni. Urip ya mung nelangsa, kepara mbarang wirang," kandhané Daniyah ing jero ati.

Sanadyan Daniyah durung tau wanuh, nanging bisa ngira-ira, sapa wong wadon sing ayu kuwi. Nalika arep nyingidaké dhèwèké, Bu Hargarini ngendikakaké alasané, yaiku Prasaja karebèn gelem rabi. Dadi, wong wadon kuwi kira-kira ya bojoné Dèn Mas Prasaja. Daniyah bisa ngerti, yèn wong wadon kuwi serik marang dhèwèké, amarga dianggep dadi pepalang anggoné arep dhaup karo Prasaja. Nanging ya aja sawiyah-wiyah. Ya merga disingidkaé adoh saka asrama MPBS, njalari Daniyah ngalami pangrudapeksan, sing abot banget sanggané.

-0-

<u>Kosa tembung:</u>

Jejerku = *posisiku;*
kepati-pati = *sangat;*
lorod = *dibawa ke belakang;*
adreng = *besar keinginan;*
kasaput = *diliputi;*
puput yuswa = *meninggal dunia.*

15. KATRANGANÉ DANIYAH

Daniyah gya bisa nguwasani nalaré, ora kéntir marang émosi lan kanepsoné.

"Mangga, Dèn Mas."

Wong telu wis lungguh satata, lan cecaturan salumrahé kaya wong sing lagi tetamu.

Prasaja kandha, "Daniyah! Aku yakin banget, yèn ibuku ora kaèmbèt ing perkaramu sing banget nrenyuhaké kuwi. Mula aku duwé niyat, nedya mèlu nlisik lan nggolèki, sapa sejatiné dhalangé lelakon kuwi. Ésuk mau sliramu wis dipriksa pulisi, aku péngin ngerti, apa waé pitakoné pulisi, lan apa jawabanmu?"

"Lha, kanggé punapa mundhut priksa bab punika, Dèn Mas?"

"Kaya sing dak-kandhakké mau, supaya aku bisa mèlu nggolèki sapa dhalangé utawa sapa wong sing ngruda-peksa sliramu."

"Punapa boten malah kosok-wangsulipun, Dèn Mas?"

"Maksudmu?"

"Dèn Mas perlu priksa bab punika, supados saged damel *alibi* kagem ingkang ibu."

Mak prempeng! Rainé Prasaja malih dadi abang. Tangané kiwa tengen nggegem kenceng, saking anggoné ngampet kanepson. Kaya-kaya péngin ndang 'mithes' Daniyah pisan. Cilik diitik-itik, gedhé kok gawé serik. Nanging Prasaja gya ngèlingi, yèn Daniyah iki bocah sing lagi kélangan pengarep-arep ing dina-dina tembé buriné, amarga wis diruda-peksa durjana. Mula Prasaja nyabar-nyabaraké atiné.

"Pinter omong sliramu saiki! Bocah ndésa sing nalika semana kaya bocah bisu, saiki wis bisa 'ngocèh' werna-werna kaya bèthèt, ya."

Krungu kandhané Prasaja sing sajak nyemoni, Daniyah kaya diélingaké marang lelakon jaman ciliké. Kélangan kabèh kluwargané, ora duwé sapa-sapa ora duwé apa-apa, Prasaja sing ngukup uripé. Daniyah banjur tumungkul, nangis mingseg-mingseg, nganti sauntara wektu. Prasaja meneng baé.

Karo nangis Daniyah matur, "Nyuwun pangapunten, Dèn Mas. Keladuk atur kula. Manah punika raosipun sumpek ... sumpeeek sanget. Ngèngeti lelampahan kula ingkang kados-kados boten naté uwal saking kasangsaran."

Puspitasari njupuk tisu ing tas, lan diulungaké marang Daniyah. Prasaja ndeleng bojoné kanthi ati mongkog, déné Puspitasari gelem ngatonaké rasa *simpati* lan mèlu prihatin marang Daniyah.

"Aku ora maido yèn sliramu cubriya marang ibu. Mula durjana kuwi kudu kecekel, kanggo ngresiki asmané ibu. Ya wis. Yèn sliramu cubriya katranganmu bakal dak-anggo gawé *alibi*-né ibu, mesthi waé aku ora sida njaluk katranganmu. Aku dak-golèk cara liya kanggo nlisik perkara ...."

"Boten, Dèn Mas!" Daniyah nyaut cepet. "Kula badhé matur sedayanipun. Jer panjenengan punika ingkang paring gesang dhateng kula."

Daniyah banjur kandha ing ngarepé Prasaja lan Puspitasari. Kejaba ditakoni *data* sing gegayutan karo dhiri pribadiné, lan larah-larahé sesambungan karo Prasaja, uga ditakoni patang perkara. Sepisan, miturut pangrasané Daniyah, apa ana wong sing serik marang Daniyah? Nomer loro, apa ana wong sing wis tau nyoba gawé cilakané Daniyah? Nomer telu, apa ana wong sing wis tau mahyakaké tresna utawa malah wis nglamar Daniyah, nanging Daniyah nampik. Yèn ana, sapa baé? Lan nomer papat, apa ana wong sing nyoba nyingkiraké Daniyah kanthi cara sinamun ing samudana?

"Terus? Kepriyé jawabanmu? Coba jlèntrèhna siji baka siji."

"Menawi tiyang ingkang ketingalipun serik dhateng kula, kadosipun boten wonten. Lajeng, bab tiyang ingkang nyobi badhé damel cilaka kula, bokmenawi Dèn Mas kémutan tiyang ingkang ngaken asma Daliman saking Lampung, nalika semanten?"

"Oh iya, aku kèlingan. Nanging nalika semana sliramu isih cilik, lagi klas siji SMP, bokmenawa ora ana gandhèng-cenengé. Kejaba kuwi, Daliman ora cetha sangkan parané, angèl anggoné arep nglacak. Sabanjuré?"

"Nyuwun pangapunten, Dèn Mas. Rikala kula dolan dhateng Taman Wisata Balérante, kula rumaos wonten tiyang ingkang ngetutaken kula. Nanging saben-saben kula tolèh, tiyang punika nuli ngical. Nalika kula criyos dhateng Maryati, piyambakipun ugi boten saged ningali tiyang punika kanthi cetha. Ngantos dumugi wekdal punika kula boten mangertos, sinten tiyang punika lan wonten perlu punapa."

"Nalika semana, apa sliramu nitèni wong kuwi?"

"Tiyangipun nganggé rasukan kothak-kothak abrit lan masker werni ijem, Dèn Mas."

"Sliramu mau kandha yèn Maryati ngerti perkara iki?"

"Inggih leres, Dèn Mas."

"Yèn ngono liya dina aku dak-takon Maryati. Sapa ngerti dhèwèké bisa mènèhi katrangan sing luwih genep."

"Mangga, Dèn Mas."

"Terus? Yèn wong sing wis tau kandha tresna, utawa malah wis nglamar, ana ora?"

"Déné tiyang ingkang sampun naté mahyakaken tresna, lan malah ngajak émah-émah, inggih punika Mas Martoyo, kangmasipun Maryati."

"Martoyo ... kangmasé Maryati? Maksudmu, putrané Pak Lurah Sasra Sudira?"

"Inggih leres, Dèn Mas."

"Oh ... lha kapan? Sangertiku, sliramu kuwi ora tau metu saka asrama. Apa Martoyo sing asring dolan menyang asrama MPBS?"

"Leres, kula pancèn awis sanget medal saking asrama, Dèn Mas. Mas Martoyo nélakaken menawi tresna dhateng kula lan ngajak émah-émah, nalika kula dolan dhateng Taman Wisata Balérанté, lan nyipeng ing dalemipun Pak Lurah Sasra Sudira."

"Nalika Martoyo ngajak omah-omah, sliramu njawab apa?"

"Kula sanjang menawi taksih ajeng sekolah malih."

"Terus? 'Bar kedadéan kuwi apa Martoyo asring dolan menyang asrama MPBS?"

"Boten, Dèn Mas."

"Oh ngono. Kejaba Martoyo, apa ana liyané manèh?"

"Boten wonten, Dèn Mas. Déné tiyang ingkang nyobi nyingkiraken kula kanthi cara sinamun ing samudana ... nyuwun pangapunten, Dèn Mas. Yèn miturut pangraos kula inggih malah ingkang ibu. Makatena, pangraos kula punika bokmenawi lepat."

"Ya, aku bisa ngerti apa sing kok-rasakaké. Aku yakin banget, ora bakal ibu kok nedya njlomprongaké sliramu marang kanistan. Aku yakin, ora. Matur nuwun banget awit kabèh katranganmu, ya."

"Nanging ... Dèn Mas?"

"Nanging, kepriyé, Daniyah?"

"Saupami durjana punika sampun kecepeng, lan nampi paukuman ingkang sakalangkung awrat. Lajeng punapa paédahipun tumrap kula, Dèn Mas? Sapunika, prasasat sedaya tiyang madosi kula. Pulisi nimbali, mundhut katrangan lan paseksèn. Wartawan takèn mawarni-warni supados kalawarti utawi ariwartinipun laris. Sedaya tiyang madosi péngin ngertos punapa ingkang dumados. Malah wonten ingkang namung péngin ngertos blegeripun Daniyah. Saèstu nglingsemaken lan damel sakiting manah. Nanging lajeng punapa paédahipun tumrap kula, Dèn Mas? Lajeng sinten ingkang preduli kaliyan nasib kula punika, Dèn Mas?"

"Iya, sabar-a sawetara, Daniyah. Pancèn ora gampang, nanging aku lan ibu ora bakal meneng waé."

Merkitik atiné Puspitasari krungu kandhané Prasaja sing kaya ngono, 'Prasaja lan ibuné ora bakal meneng baé.' Prasaja sing gya kèlingan lan krasa yèn ukarané gawé tatu bojoné, nolèh marang Puspitasari. Nanging wis ketrucut, arep kepriyé manèh. Prasaja dadi klicutan.

Daniyah bali nangis mingseg-mingseg manèh. Eluh dumlèwèr deres sanadyan ora keprungu swara tangisé. Pirang-pirang dina sing pungkasan, bola-bali Daniyah nangis. Awaké sangsaya kuru, praupan katon pucet. Anggoné ngenganggo uga katon ora kopèn.

"Inggih, Dèn Mas. Keparenga kula badhé matur béda perkawis, Dèn Mas."

"Bab apa?"

"Nyuwun pangapunten sadèrèngipun. Kados atur kula nalika semanten, kula kepéngin gesang mandhirèng pribadi. Mila ing titi-wanci punika kula badhé masrahaken kondur kagunganipun ATM, Dèn Mas. Kinanthèn atur panuwun ingkang tanpa pepindhan, déné Dèn Mas Prasaja sampun kersa nylametaken gesang kula kanthi paring pambiyantu ingkang sakelangkung kathah lan onjo. Kula boten saged caos piwales punapa-punapa ingkang murwat. Mekatena, menawi dèn mas kagungan pamundhut lan kula saged nyembadani, temtu kula badhé mbudidaya, Dèn Mas. Bokmenawi makaten punika saged dados pisungsung saking kula kagem Dèn Mas Prasaja."

"Lha, rak sliramu isih butuh wragad, Daniyah?"

"Nyuwun pangapunten. Sinambi kuliyah, sapunika kula sampun dipun-tampi magang pinangka guru SD ing MPBS ngriki. Makaten ugi kula nampi *bimbingan belajar* kanggé murid-murid SD klas sekawan ngantos klas enem. Kathah utawi sekedhik, kula sampun gadhah pamedal, saged pinangka sangu gesang mandhiri. Punapa malih, sapunika Dèn Mas Prasaja sampun krama, temtu mbetahaken dana béa ingkang langkung kathah."

"Ahh ...!" Prasaja unjal ambekan.

Mak kendhelong, atiné Prasaja gela banget. Kanthi ATM kuwi dibalèkaké marang dhèwèké, iku rak ateges kaya wis kélangan Daniyah salawasé. Wis ora duwé hak apa-apa, wis ora duwé sesambungan apa-apa. Arep ketemu baé dadi mekèwuhi, ora duwé alasan kanggo nemoni Daniyah.

-0-

Kosa tembung:

Kaèmbèt = *tersangkut/terlibat;*
mahyakaké = *menyatakan;*
sinamun ing samudana = *tersamar;*
merkitik = *benci/marah;*
pisungsung = *persembahan.*

16. GOLÈK SISIK MELIK (1)

Nanging Prasaja ya kudu angon rasa marang bojoné, sing saiki ana ing sandhingé. Prayogya yèn ATM kuwi ditampa dhisik, liya wektu bisa dirembug manèh karo Daniyah. Kepriyé-kepriyéa Prasaja ora bisa sélak saka rasa tresna marang Daniyah sing tuwuh sethithik baka sethithik. Apa manèh kaya ana jejibahan psikologis kudu nggedhèkaké atiné Daniyah sing lagi baé kena musibah.

Luwih-luwih manèh, bocah kuwi cubriya yèn ibuné sing njalari musibah. Prasaja yakin banget yèn ibuné ora bakal tumindak kaya ngono. Mula Prasaja malah kudu tansah mbudi-daya sangsaya nyedhaki Daniyah, lan sabisa-bisa awèh pitulungan, panglipur, utawa panjurung lair batin sing bokmenawa bisa ngayem-ayemi atiné Daniyah. Kanthi mangkono rasa cubriyané Daniyah marang ibuné bisa ilang.

Ing sadawaning dalan, Prasaja bali mikiraké kandhané Daniyah mau. Saka nalaré Prasaja, ing antarané Daliman, ibuné, lan Martoyo; kaya-kaya sing duwé motip paling kuwat, ya Martoyo. Nanging Prasaja ora ngerti, kaya ngapa urip padinané Martoyo. Mula, sawijining dina Prasaja péngin nlisik.

*

Nalika mobilé Pak Tarja mlebu régol pager, Prasaja meruhi ibuné lenggah dheleg-dheleg ing dalem pendhapa. Ing méja ngarepé cumawis dhaharan lan unjukan, nanging kabèh katon isih wutuh. Nalika keprungu swara mobil, Bu Hargarini nolèh, banjur mernahaké anggoné lenggah. Sawisé atur salam lan ngambung astané Bu Hargarini, Puspitasari nuli mlebu dalem ageng nedya reresik awak. Èsemé ilang babar pisan saka polatan. Déné Prasaja lungguh njèjèri ingkang ibu.

"Ibu! Ibu kok ketingal sungkawa? Wonten bab punapa? Ibu kedah njagi kesarasan kanthi boten menggalih ingkang awrat-awrat lho, Ibu."

"Hehh ... iya, ibu ngerti. Nanging ya ora gampang nglalèkaké panguman-umané Daniyah. Dhèwèké cubriya yèn aku sing mblondrongaké marang kasangsaran. Aku getun lan mesakaké banget marang bocah kaé. Gèk mangka ya bocah lola pisan. Durung manèh, aku mesthi bakal dipriksa pulisi. Ya Allah Ya Rabbi! Atiku iki tansah sar-sir ngadhepi dina-dina sing arep teka."

"Inggih. Boten sélak, Ibu. Nanging ibu kedah sumèlèh penggalihipun. Menawi ngantos ibu gerah amargi menggalih bab punika, malah rugi sedayanipun. Kejawi ibu nandhang gerah, ugi boten saged paring pambiyantu dhateng Daniyah."

"Iya, bener. Bésuk karebèn dieterakė Pak Narji, aku péngin nemoni Daniyah. Aku arep njaluk pangapura. Kejaba kuwi uga péngin nanjihaké, dhèwèké ngandhut wijiné durjana kuwi apa ora? Lha yèn nganti ngandhut, rak awaké dhéwé ya kudu ngolèkaké dalan kepriyé beciké."

"Punapa boten prayogi menawi kaliyan kula, Ibu?"

"Ora, ora apa-apa. Sanadyan Daniyah kendel lan pinter kekandhan, nanging bocahé isih bisa ngendhalèni dhiri, tetep njaga kasusilan. Lha iki mau saka ngendi? Kok sarimbitan karo Puspitasari?"

“Punika wau ugi saking asrama MPBS, pinanggih Daniyah, Ibu. Adreng manah kula, durjana punika saged énggal kecepeng, satemah asma ibu boten kaèmbèt-èmbèt ing perkawis punika malih.”

“Banjur kepriyé?”

“Nyuwun pangapunten, Ibu. Prayoginipun ibu boten susah menggalih bab punika, supados boten nambahi awrat sangganipun ibu.”

“Oh ngono. Ning poma-dipoma, Daniyah aja nganti kapiran lan ditinggal ‘prung’. Saiki iki Daniyah lagi mbutuhaké penyengkuyung psikologis saka sapa waé, lan uga butuh uwong sing bisa disambati.”

“Inggih, Ibu. Nanging bokmenawi pingget radi lebet manahipun Daniyah. Punika wau ATM ingkang biyasanipun dipun-cepeng malah kawangsulaken dhateng kula. Sanjangipun badhé ajar gesang mandhiri. Nanging panginten kula, punika namung pinangka pawadan badhé nyingkiri lan nebihi kula lan kanjeng ibu.”

“Yèn ngono ... rak ya sangsaya mesakaké. Ing atasé bocah lola ora duwé sapa-sapa, urip dhéwé, lagi waé ketaman pacoban sing abot, kang mangka ya durung cekel gawé pisan.”

“Inggih leres, Ibu.”

Polatané Bu Hargarini malik surem, amarga nanggung rasa keduwung sing jero, généya ndadak nyingidaké Daniyah nalika semana.

*

Ing dina-dina candhaké, sawetara uwong wis ditimbali pulisi, dijaluki katrangan sing gegayutan karo perkarané Daniyah. Yaiku, Bariman – wong sing sepisanan nemokaké Daniyah semaput ing pinggir kali Géndhol - Pak

Kariyo, Bu Hargarini, Prasaja, Bu Larasati, Bu Aisyah, Martoyo, Maryati, lan Lurah Sasra Sudira. Kejaba dijaluki katrangan, wong-wong mau uga dijupuk *sidik jari*-né.

Prasaja nyoba nemoni kabèh wong sing wis dipriksa pulisi, péngin ngerti apa baé pitakoné pulisi. Ngono kuwi penting tumrap Prasaja, kanggo ngira-ira, pulisi condhong nyubriyani sapa, utawa sapa sing duwé motip paling kuwat tumindak culika marang Daniyah. Nanging émané, ora ana katrangan sing ngarahaké, sapa kira-kira uwong sing tumindak candhala kuwi.

Nalika nemoni Bu Larasati lan Bu Aisyah pinangka pengurus asrama MPBS, Prasaja uga titip pesen, njaluk tulung supaya ngawat-awati sapa baé wong sing tilik utawa nemoni Daniyah. Sapa ngerti, yèn wis rumangsa aman saka pulisi, durjana kuwi nyoba mbalèni gawé cilakané Daniyah.

"Aku njaluk pangapura ya, Dhik. Ora ngira babarpisan yèn kedadéané ngambra-ambra kaya ngéné. Nalika Tante Hargarini methuk Daniyah, aku sing ngidinké lan nyeksèni, amarga nalika semana Daniyah mangu-mangu, apa Tante Hargarini kuwi bener ibuné Dhik Prasaja. Aku ya mesakaké banget marang Daniyah. Dadiné ... aku iki rak kaya kudu mèlu tanggung jawab," kandhané Bu Saras lirih marang Prasaja.

Prasaja unjal ambekan jero, nuli wangsulan, "Iya, Mbak. Ya ... kepriyé manèh. Kabèh wis kebacut. Ibu nganti *shock,* rumangsa luput ndhelikaké Daniyah. Aku dhéwé ya ngrumangsani yèn klèru, génèya nalika semana ora ndang nikah karo Puspitasari, ndhèrèk dhawuhé ibu."

"Inggih, Bapak. Kula ugi ndhèrek prihatos kaliyan kedadosan ingkang tumanduk dhateng Daniyah. Kula piyambak boten saged caos pambiyantu ingkang murwat," ngendikané Bu Aisyah marang Prasaja.

"Inggih, Ibu. Matur nuwun sanget."

Kejaba nemoni wong-wong sing wis dipriksa pulisi, Prasaja uga njaluk tulung kanca pulisi, supaya kanthi sesidheman mbiyantu ngudhari perkarané Daniyah. Amarga teba srawungé sing amba, Prasaja ora kangèlan njaluk tulung marang kancané sing dadi pulisi.

Sawisé antuk katrangan saka Daniyah lan wong-wong liyané, Prasaja condhong cubriya marang Martoyo. Nanging piyé carané, supaya pulisi bisa olèh bukti utawa seksi sing nguwataké, kanggo nyèrèt Martoyo menyang pengadilan. Ya ing kéné iki, kapinterané pulisi diuji. Si Durjana mesthi nyoba ngilangaké utawa ndhelikaké bukti utawa seksi, kosok-baliné, pulisi kudu bisa nemokaké bukti utawa seksi kuwi.

Sawijining dina ing kantor Taman Wisata Balérante, Prasaja ngundang siji baka siji pegawéné ing Taman Wisata Balérante, cacah papat. Siji paraga jagabaya, siji paraga ing lokèt karcis, siji paraga pengawas wahana, lan Suryono, yaiku uwong sing pinitaya nyekel tanggung jawab nglakokaké usaha *Taman Wisata Balérante.*

Émané, saka paraga jagabaya, lokèt karcis, lan pengawas wahana, Prasaja ora bisa olèh katrangan gegayutan karo pribadiné Martoyo. Yèn nitik saka solah bawa lan patrapé wong-wong kuwi, sajaké wedi awèh katrangan, kaya ana sing ngancam. Prasaja unjal ambekan dawa karo ngangkat tangan, kaya patrapé telukan.

Mung Suryono sing gelem utawa wani awèh katrangan marang Prasaja.

“Wonten pangandikan punapa, Gus? Nimbali kula,” kandhané Suryono nalika wis lungguh kursi tamu ing ruwang kerjané Prasaja.

“Apa Mas Suryono ngerti utawa kenal Martoyo, putrané Lurah Sasra Sudira?”

“Wo ... inggih temtu, Gus. Boten wonten tiyang ngriki ingkang boten kenal kaliyan Martoyo. Tiyangipun bagus, pawakanipun gagah, tur pinter damel kenya kepilut kumanthil-kanthil, Gus.”

“Dhèwèké iku mapan ana ing endi, Mas?”

“Taksih dados setunggal kaliyan tiyang sepuhipun kok, Gus.”

“Apa iya? Bola-bali aku sowan pak lurah, kok kaya durung tau ketemu, ya?”

“Bokmenawi namung kaleresan boten wonten kémawon.”

“Yèn watak-wantu saben dinané, Martoyo iku kepriyé, Mas Sur.”

“Nggih biyasa, Gus. Namung kadhang-kala mawon ngedir-diraken dumèh putra lurah.”

“Lha, Martoyo kuwi pakaryané apa, Mas Suryono?”

“Menawi ingkang kula mengertosi, piyambakipun punika juragan wedhi ing tlatah Kaliadhem ngrika, Gus.”

“Oh, ngono. Martoyo iku pancèn durung krama, ya?”

“Dèrèng, Gus. Ning Martoyo punika pinter milut kenya. Mila sanadyan dèrèng émah-émah, prasasat saben dinten gantos kenya kanca dolan.”

“Lha, apa iya? Aja-aja iku mung pitenah, merga serik marang putrané lurah sing duwé panguwasa.”

“Walah, Gus. Menawi bab punika kula ngertos piyambak. Wong ... piyambakipun punika menawi gantos kanca kenya boten sesidheman, kok, Gus. Malah kados dipun-pamèr-pamèraken, ketingal mongkog."

"Sasuwéné iki Martoyo iku wis tau urusan karo pulisi apa durung, Mas?"

"Sapangertosan kula, dèrèng, Gus. Kang mangka, Martoyo punika remenipun mendem tuwak, lho. Ning kok ndilalah dèrèng naté urusan kaliyan pulisi."

"Ya wis. Matur nuwun awit kabèh katrangané ya, Mas. Oh ... ana sing lali. Martoyo kuwi duwé kanca dolan sing raket ora, Mas?"

"Wah nyumanggakaken, Gus. Kula piyambak boten mangertos menawi bab punika."

"*OK*, matur nuwun, Mas Sur."

Rampung anggoné cecaturan, Suryono bali menyang méjané dhéwé.

-0-

Kosa tembung:

Sungkawa = *sedih;*
sarimbitan = *berduaan.*

17. GOLÈK SISIK MELIK (2)

Sinambi nyambangi usaha Taman Wisata Pegunungan ing Balérанté, Prasaja ngelengaké mampir ing dalemé Lurah Sasra Sudira.

"Ndhèrèk prihatos, Gus. Boten nyana, menawi Daniyah badhé nemahi lelampahan ingkang kados mekaten. Saèstu mesakaken sanget. Pawartos punika sampun sumebar waradin ing tlatah ngriki. Prasasat saben tiyang takèn bab punika, ngantos pekèwed anggèn kula badhé atur wangsulan. Ngertosipun tiyang-tiyang ngriki, rak kula ingkang tanggel-jawab bab Daniyah," kandhané Lurah Sasra Sudira sawisé ngacarani tamuné.

"Matur nuwun, Pak Lurah. Ingkang ugi awrat, Daniyah cubriya, ibu kula ingkang njlomprongaken."

"Pancèn perkawisipun lajeng mrèntèk-mrèntèk. Sawetawis wekdal dipun-tampi kanthi sabar kémawon, Gus. Mugi-mugi durjana ingkang sayektos saged énggal kewiyak lan kecepeng, satemah asmanipun ingkang ibu boten kèmbèt-kèmbèt. Nanging nuwun sèwu, Gus. Sampun kersa rawuh mriki, bokmenawi badhé wonten pangandikan, kula sumanggakaken."

"Inggih, Pak Lurah. Kula sowan mriki namung badhé nyuwun priksa. Duk rikala pak lurah dipun-timbali pulisi, dipun-dangu punapa kémawon, Pak Lurah?"

"Oh ... kula namung dipun-dangu bab sesambungan kula kaliyan Daniyah, Gus. Mila lajeng kula jlèntrèhaken sejarahipun Daniyah wiwit kedadosan griyanipun Pak Dalija kabesem ludhes nalika semanten."

"Oh makaten. Menawi bab Mas Martoyo sampun naté nanting nikah Daniyah, punapa pak lurah sampun priksa?"

"Nuwun sèwu ... kula kok kirang terwaca, Gus? Martoyo ... naté nanting rabi Daniyah? Kok kula dèrèng mireng nggih, Gus," pitakoné pak lurah karo nilingaké kuping.

"Daniyah naté criyos, menawi Mas Martoyo sampun naté ngajak émah-émah. Ananging Daniyah boten purun amargi taksih péngin nglajengaken kuliyah."

"Oh makaten. Pantes, kok kala wingi Martoyo ugi dipun-pundhuti katrangan déning pulisi. Kanyata wonten gegayutanipun, nggih? Wah, lha menawi makaten, Martoyo kepétang gadhah motip ingkang kiyat kanggé tumindak awon dhateng Daniyah punika, Gus."

"Sedaya kita pasrahaken dhateng pulisi, Pak, jer punika pancèn wenangipun."

"O ... lha inggih, kita boten saged punapa-punapa."

"Ndhèrèk titip pitungkas kagem Mas Martoyo kémawon nggih, Pak Lurah. Kula péngin pinanggih sapejagong kaliyan Mas Martoyo."

"Oh, inggih, Gus. Insya Allah."

Prasaja nuli pamit. Ora let suwé bu lurah metu menyang ruwang tamu.

"Pak ... apa ya bener ngendikané Gus Prasaja mau ya, Pak?"

"Ya, embuh, Buk. Nanging yèn bener, lan Daniyah ya bener nampik, ateges Martoyo pancèn duwé alasan kuwat kanggo ngruda-peksa Daniyah. Nanging wingi rak Martoyo wis dijaluki katrangan déning pulisi. Nyatané ora ana apa-apa. Ya, ndedonga waé, Bu. Muga-muga anaké dhéwé ora kaèmbèt perkarané Daniyah."

"Aamiin, muga-muga ngono ya, Pak."

Dumadakan Maryati metu saka kamaré, lan nyaut rembug, "Ngendikané Dèn Mas Prasaja niku wau leres, Pak. Nalika semanten Daniyah nginep wonten ngriki. Rikala ajeng wangsul dhateng asrama, dumadakan mlajar wangsul mlebet kamar kalih nangis. Lajeng kula takèni, cariyosipun kados ngendikané Dèn Mas Prasaja niku."

"Wah, yèn ngono ya pancèn kaya 'ancik-ancik ing pinggiring jurang' tumrap Martoyo."

Kewedèn lan kuwatir anaké lanang kaèmbèt ing perkarané Daniyah, Bu lurah nangis sesenggukan, "Pak ... banjur kepriyé, Pak. Apa iya kelakon anaké Lurah Sasra Sudira dicidhuk diglandhang pulisi dilebokaké sèl pakunjaran. Gèk kaya ngapa wirangé awaké dhéwé, Pak."

"Yèn Martoyo pancèn tumindak, ya kudu wani ndhadhagi *résiko*-né."

"Lha, bapak apa ora isin? Apa ora mesakaké marang Martoyo? Bapak iku rak duwé akèh kenalan pulisi. Mbok coba njaluk tulung ta, Pak," bu lurah ngreremih marang bojoné.

Wis ngono, Maryati malah nambahi kandha, "Malah wonten cariyos malih, Pak. Nalika kula kaliyan Daniyah dolan wonten Taman Wisata Balérante, Daniyah rumaos wonten tiyang ingkang tansah ngetutaken, nganggé rasukan abrit kothak-kothak. Sareng dumugi griya, kula sumerep rasukan abrit kothak-kothak nglumbruk wonten kranjang sandhangan reged. Kula lajeng takèn Mas Martoyo, kanyata leres Mas Martoyo ugi dolan wonten Taman Wisata Balérante."

Sangsaya nratab penggalihé Bu Sasra Sudira.

“Dhuh Gusti, punapa inggih badhé kelampah kluwarga Lurah Sasra Sudira kewirangan amargi anak kula sampun tumindak nistha?”

“Bu ... tenangna atimu dhisik. Lha, wong durung apa-apa kok wis nangis ngaru-ara. Sing kok-tangisi ‘ki apa? Kok malah nambah-nambahi ribed pikiran baé,” kandhané Lurah Sasra Sudira marang bojoné, rada mbesengut. Ora bisa sélak yèn atiné uga trataban, lha kok malah bojoné nambah-nambahi sanggan. Dadi ngganggu pikiran.

*

Liya dina, nalika anaké lanang lagi baé tekan ngomah, Lurah Sasra Sudira takon marang Martoyo.

“Martoyo, saka ngendi kowé? Lungguha kéné dhisik, aku arep takon.”

“Biyasa, Pak. Saka Kaliadhem. Ana apa, Pak? Kok kadingarèn, sajaké ana masalah serius, ya?” wangsulané Martoyo sing kurang netepi tata-krama, mung kandha ngoko marang wong tuwané.

“Serius tenan yèn iki. Sawetara dina kepungkur Gus Prasaja tindak mréné. Wosing rembug, nggawa kabar yèn kowé wis tau nglamar Daniyah, nanging Daniyah nampik. Apa bener kabar kuwi, Martoyo?”

“Eh ... Daniyah pancèn kemayuné ora jamak. Bener, Pak. Dak lamar arep dak-ajak rabi waé leléwa, jaréné arep kuliyah. Nanging, dak-kira dhèwèké ‘ki ngimpi péngin dirabi déning Gus Prasaja. Lha, rak kemayu banget ta, kuwi. Kok ora ngrumangsani. Gèk Daniyah ‘ki sapa, Gus Prasaja ‘ki sapa. Yèn ‘ora dirabi ning dikeloni’, nah kuwi bakal kelakon. Nah, saiki kapokmu kapan! Malah diruda-peksa déning wong liya.”

Lurah Sasra Sudira agé-agé nyaut ukarané Martoyo, "Hus! Omonganmu kuwi keladuk, Martoyo. Aja sok kulina duwé panyakra-bawa ala marang wong liya. Aja sok *su'udzon*. Poma-dipoma, awaké dhéwé iki durung mesthi luwih apik tinimbang sapa baé."

"Lha, Mas Martoyo 'ki ya ndhagel, kok! Ngedir-dirake dumèh anak lurah. Dumèh Daniyah mung anak bakul suket, tur lola pisan. Ora tau srawung, arang ketemu, sokur-sokur ana *pendekatan* ... kok ketemu pisan terus nglamar. Ya Daniyah mesthi rumangsa ora diajèni, ta ya," kandhané Maryati.

"Ning tenan kok. Daniyah kaé kemayu banget."

"Mengko dhisik, ta. Iki perkarané béda. Ya amarga kowé wis tau nglamar, nanging Daniyah nampik, kuwi sing saiki bisa dadi perkara."

"Lha, kok bisa? Genahé priyé, Pak?"

"Nalika Daniyah diruda-peksa déning wong ala, rak kudu digolèki sapa kira-kira sing wis tumindak ala kuwi. Kudu disèrèt menyang pengadilan lan antuk paukuman sing imbang karo kesalahané. Nah ... yèn kowé wis tau nglamar lan ditampik, lumrahé rak kowé gela merga kagol, banjur tumindak nékad tanpa pétung sing dawa. Ndilalah, dumadakan Daniyah diruda-peksa uwong. Kang mangka, kowé duwé alasan kuwat kanggo tumindak ala marang Daniyah."

"Lha, ning aku ora tumindak temenan kok, Pak. Nyatané, aku wis dipriksa pulisi, dijaluki sidik jari barang, ning ora dikapak-kapakké, ta?"

"Ya muga-muga baé ngono. Yèn nganti kowé sing tumindak, ateges kowé wis gawé isin wong saomah. Ora pantes aku dadi lurah, sing ora bisa ndhidhik anaké lanang."

Bu lurah mèlu kekandhan, “Iya, Martoyo. Ibu iki uga mèlu kuwatir banget yèn nganti kowé kaèmbèt ing perkarané Daniyah, banjur ‘dicidhuk’ pulisi. Ora wurung mung gawé wirang lan asor ing bebrayan agung. Dadi uwong kuwi, yèn bisa ya ‘mikul dhuwur mendhem jero’ tumrap wong tuwané. Aja malah gawé isin.”

“Ora tenan, Pak, Bu. Ora!”

“Wingi Dèn Mas Prasaja uga titip pesen, péngin ketemu sapejagong karo kowé.”

“Lha ... ana apa ya, Pak.”

“Yèn ngendikané ya mung péngin ngerti, nalika kowé dipriksa pulisi, ditakoni apa baé. Gandhèng Daniyah cubriya yèn sing gawé cilaka iku Bu Hargarini, yaiku ibuné Gus Prasaja, mula Gus Prasaja pengin mèlu nggolèki sapa wong sing wis tumindak ala kuwi. Kanthi mangkono, jenengé Bu Hargarini ora katut reged.”

“Kok bapak ora kandha kon nggolèki aku menyang Kaliadhem baé, Pak?”

“Kepriyé olèhku arep matur ngono? Wong kowé yèn lunga ora tau pamit arep menyang endi.”

“Ha ha ha, iya ya, Pak. Sésuk nèk Gus Prasaja mréné manèh, kon nggolèki aku menyang Kaliadhem waé, Pak. Utawa wènèhana nomer HP-ku waé, bèn nilpun utawa SMS. Yèn ing kantoré, pancèn dhèwèké kuwi juragan. Nanging yèng ngadhepi aku, rak ya padha-padha. Génèya aku sing kudu nggolèki?”

“Mengko dhisik, Martoyo! Ora ngono. Wingi kuwi ... Gus Prasaja wis tindak mréné nggolèki kowé. Nanging gandhèng ora kepethuk, mula banjur titip pesen lumantar aku. Aja kok-kira Gus Prasaja ‘ki ambek siya ngerèh kowé. Babar pisan ora. Apa manèh, wong akèh wis ngerti yèn Gus

Prasaja kuwi wong sing andhap asor, ora kaya kandhamu mau."

"Ya uwis, Pak. Kapan-kapan rak ya pethuk," wangsulané Martoyo karo mlaku mlebu kamar, semu gembèlèngan.

-0-

Kosa tembung:

Terwaca = *jelas;*
pitungkas = *pesan;*
sapejagong = *bertemu muka/langsung;*
panyakra bawa ala = *dugaan buruk/ su'udzon.*

18. TIBA ING PANALANGSA

Kanthi ati mbedhedheg, Lurah Sasra Sudira unjal ambekan landhung, mikiraké anaké lanang. Yektiné Lurah Sasra Sudira ya wis ngerti yèn Martoyo pancèn rada wangkal. Dikongkon sekolah wis ora gelem. Arep digolèkaké pawitan kanggo bebakulan, emoh jaré ribed, njalari ora bébas.

Nanging, Martoyo sajaké pancèn emoh ketemu Prasaja. Sing biyasané asring dolan menyang Taman Wisata Balérante, sawetara iki malah kaya-kaya nemaha nyingkiri. Mangkono uga ing *penambangan pasir* Kaliadhem, dhèwèké luwih akèh masrahaké urusané marang Surajaya aliyas Sura Gedhug. Mula ora gampang tumrap Prasaja yèn arep nemoni Martoyo. Ananging Prasaja ya ora kurang akal. Anggoné golèk katrangan saka Martoyo ora ditandangi dhéwé, nanging njaluk tulung wong liya sing durung dikenal déning Martoyo.

*

Sawijining dina wayah soré, bali saka nyambut gawé, Prasaja ora meruhi Bu Hargarini utawa Puspitasari. Omah krasa sepi.

“Kok omah sepi, iki padha menyang endi, Bik Iyah?” pitakoné Prasaja marang salah siji réwangé.

“Menawi ingkang ibu, kala wau ngendika badhé tindak Prambanan. Pak Narji ingkang ndhèrèkaken. Déné Ndara Ayu Puspitasari, kala wau pamit badhé tindak dhateng dalem jaya sentikan. Sapunika Dèn Mas badhé ngersakakén ngunjuk napa?"

"Aku gawèkna kopi baé. Aja legi-legi, nganggo gula arèn ya, Bik."

"Inggih, Dèn Mas."

"Prambanan? Dalem jaya sentikan?" Prasaja mbalèni katranganė Bik Iyah.

"Inggih, makaten."

Ibuné tindak Prambanan, wis bisa dipethèk yèn bakal nemoni Daniyah. Bu Hargarini pancèn rumangsa klèru lan dosa gedhé, génėya ndadak ndhelikaké Daniyah nalika semana. Mula ora mokal yèn péngin nemoni Daniyah lan njaluk pangapura. Apa manèh yèn Daniyah nganti mbobot, rasa dosané Bu Hargarini mesthi sangsaya gedhé.

Puspitasari lunga menyang dalem jaya sentikan. Lunga mung tilik wong tuwa, apa purik? Iki sing njalari dadi pikirané Prasaja. Wiwit sekawit nalika Puspitasari ngerti perkarané Daniyah, wis kandha yèn arep bali menyang dalem jaya sentikan. Mung baé nalika semana isih bisa dipenggak déning Prasaja. Ora prayoga tumrap wong omah-omah, yèn saben-saben ana perkara karo bojoné banjur purik. Ora wurung mung gawé sedhih lan repoté wong tuwa. Yèn wis anak-anak, uga gawé sedhihé anak.

Prasaja nuli mlebu kamar lan adus, reresik awak. Niyaté mono arep ngeluk geger ing kursi dawa pendhapa, sinambi ngentèni wayahé adan Magrib. Nanging atiné krasa ora jenak. Mula Prasaja banjur tata-tata nedya nyusul bojoné menyang dalem jaya sentikan.

*

Srengéngé wis liwat wayah tunggang gunung. Layung jingga sangsaya cetha sumorot ing akasa sisih kulon. Pangon wis padha nggiring raja-kayané bali menyang kandhangé dhéwé-dhéwé. Ora ana sumiliring angin, nanging hawa krasa adhem. Ing pendhapa dalem jaya sentikan, Kanjeng Radèn Tumenggung Jaya Sentika dalah garwa nedheng lenggahan sekéca.

Ana mobil mlebu regol gapura, disupiri kenya ayu sing wis katon diwasa. Mobil mandheg ing kuncungan pendhapa. Alon, kenya ayu kuwi mudhun saka mobil lan munggah undhak-undhakaning pendhapa. Gandhèng priyayi loro sing lenggah ora jumeneng, kenya ayu kuwi gya timpuh ing jogan, lan ngambung dhengkulé ingkang rama, klawan matur.

"Sembah sungkem kula katur, Rama. Kadospundi kawontenanipun rama?"

Sinambi ngelus-elus sirahé kenya ayu sing tinutupan kudhung, KRT. Jaya Sentika ngendika, "Iya dak-tampa Puspitasari. Alkhamdulillah, rama sehat, Ndhuk."

Kenya enom ayu kuwi banjur mingsed manengen, genti ngambung dhengkulé ingkang ibu, "Ibu, sembah sungkem kula katur, Ibu."

"Iya, daktampa, Bocah Ayu. Lah ... endi kangmasmu?"

Puspitasari orang wangsulan. Mak prepet, mripat sing mau wis surem, sangsaya katon suremé. Polatan uga malik dadi peteng. Puspitasari banjur nangis membik-membik ing pangkoné ingkang ibu.

Radèn Tumenggung Jaya Sentika banjur ngulungkaé astané loro, kaya patrapé wong arep nggéndhong bocah cilik. Puspitasari pancèn luwih cedhak lan lulut marang ramané tinimbang ibuné. Mangkono uga, ingkang rama pancèn gemati marang putrané sing wuragil kuwi. Sanadyan seneng gegojègan lan mbebéda putra putriné, nanging Puspitasari ngerti lan bisa ngrasakaké yèn ingkang rama iku gemati lan tresna asih banget marang dhèwèké.

"Kéné-kéné. Ana apa? Teka-teka kok rainé pating 'jekethut'?" ngendikané R. Jaya Sentika semu mèsem.

Puspitasari banjur uwal saka dhengkulé ingkang ibu lan ngambruk ing dhadhané ingkang rama. Puspitasari sing mau mung nangis membik-membik, saiki nangis seru nganti kami-sesegen. R. Jaya Sentika ngekep kenceng anaké wadon, lan ngejaraké nangis nganti sauntara wektu.

Mendha sanggan ing atiné, Puspitasari ngadeg saka pangkoné ingkang rama. Nuli lungguh sisih tengené, sirahé suméndhé ing bahu tengené ingkang rama, tangan loro ngekep asta sisih tengen. Puspitasari banjur njupuk tisu sing ana ing méja lan ngusapi eluh sing isih pating dlèwèr ing pipiné.

"Ana apa, matur rama ibu?" ngendikané Bu Jaya Sentika, sawisé Puspitasari mendha tangisé.

Sinambi unjal ambekan landhung, Puspitasari mangsuli, "Kanyata ... Kangmas Prasaja punika boten tresna dhateng kula, Rama."

"Liré kepriyé kowé bisa matur mangkono, Puspitasari?"

"Nuhoni dhawuhipun rama ibu, dangu anggèn kula ngantu-antu dhaup kaliyan Kangmas Prasaja. Nanging Kangmas Prasaja tansah ngrendhé-rendhé, jebul amargi boten tresna dhateng kula. Kangmas Prasaja nresnani kenya sanès, Rama! Kamangka kula sanget tresna dhateng Kangmas Prasaja. Manah punika dados nlangsa," aturé Puspitasari manèh karo njerit nangis, bali ngekep ingkang rama.

"O o o! O o o! Cethané kepriyé, kowé bisa matur kaya ngono, Puspitasari? Apa Prasaja ora gemati marang kowé? Apa Prasaja nglirwakaké kuwajibané pinangka wong lanang? Utawa, apa Prasaja gawé lara atimu?"

Puspitasari banjur ngaturaké lelakoné Prasaja, sing gegayutan karo Daniyah, kaya sing wis tau dingendikakaké déning ibu marasepuhé.

"Oh, ngono. Dakkira ora ana sing perlu ditangisi. Prasaja kuwi rak tetulung marang bocah lola sing uripé kapiran. Iku rak tumindak becik. Karo manèh ... tumrap wong lanang, tresna mono ora kudu kedal ing lathi. Nanging sing penting, kaya ngapa solah-bawa, tindak-tanduk, lan patrapé wong lanang marang bojoné. Sanadyan upamané Prasaja ora tau kandha tresna, nanging yèn kabèh kewajiban ditindakaké, marang bojo ya gemati ora nglirwakaké, iku sing luwih penting. Ora suwaliké! Kandha tresna kaping pitu sedina, nanging ora ngrèwès bojo, malah kepara ambek-siya. Pédah apa? Coba ... nyuwuna priksa ibumu. Apa aku seneng ngobral tembung tresna? Ora! Mangkono uga, èlinga ing jaman biyèn, klebu aku lan ibumu, bokmenawa uga maratuwamu. Dhaup iku mung ndhèrèk dhawuhé wong tuwa. Bara-bara tresna, malah kenal baé ora. Nanging nyatané balé-somah bisa lestari bagya mulya salawasé nganti tekan puputing umur."

"Nanging nyatanipun Kangmas Prasaja kagungan kenya sanès. Manah punika sakiiit sanget, Rama."

"Menawa kuwi ... béda rembug, Puspitasari. Mirid saka critamu mau, Prasaja duwé sesambungan karo Daniyah iku, rak wiwit bocah kuwi isih cilik. Amarga pancèn Prasaja sing ngragadi uripé Daniyah. Kowé aja kesusu njupuk dudutan, yèn Prasaja tresna marang Daniyah."

Wong telu meneng, ora ana sing guneman, swasana dadi sepi. Dumadakan keprungu swara "hoèks-hoèks", Puspitasari mungkug-mungkug arep mutah. Bu Jaya Sentika gya éling yèn anaké wadon iku kepétung isih mantèn anyar. Kanthi cukatan Bu Jaya Sentika mijeti githoké Puspitasari.

"Puspitasari? Kowé masuk angin ... apa ngandhut, Ndhuk? Wis pirang minggu anggonmu telat garap sari? Anggonmu mungkug-mungkug arep mutah, kok kaya patrapé wong ngandhut?"

Amarga kahanané sing tansah arep luntak, Puspitasari nganti ora bisa sumaur. Malah banjur mlayu tumuju kamaré lan mlebu kamar mandhi. Nyumurupi kahanané Puspitasari, ingkang ibu emoh nguculaké, tetep ngampingi mlebu kamar mandhi.

Sawetara kuwi, R. Jaya Sentika katon gorèh, wira-wiri mlaku ngétan ngulon ing pendhapa. Asta loro silih ngremet, semuné péngin ngremet apa baé sing bisa dicekel. Penggalihé lunga adoh embuh menyang endi, mbayangaké gegambaran werna-werna, lelakon apa sing arep ditemoni putrané kinasih. Sanadyan R. Jaya Sentika bisa paring wejangan ngayem-ayemi putrané, nanging mesthi baé dhèwèké ngerti, kaya ngapa gorèh atiné Puspitasari.

Dumadakan, mobilé Prasaja mlebu plataran dalem jaya sentikan. Prasaja markir ing buri mobilé Puspitasari, nuli munggah pendhapa.

"Assalamu'alaikum! Sugeng sonten, Rama."

"Wa'laikum salam. Kaé sisihanmu ana ing kamar. Embuh kaé mau, masuk angin apa kepriyé. Jaréné wetengé muneg-muneg krasa arep mutah," ngendikané R. Jaya Sentika, sing pancèn wis duwé panduga yèn Prasaja nggolèki Puspitasari.

-0-

Kosa tembung:

Mbedhedheg = *hati terasa sesak;*
wangkal = wangkod = *tidak taat/sulit diberi petunjuk;*
pawitan = *modal;*
purik = *pergi dari rumah suaminya karena bertengkar;*
kedal ing lathi = *diucapkan;*
garap sari = *menstruasi.*

19. NGANDHUT

Kanjeng Radèn Tumenggung Jaya Sentika babar pisan ora nyebut perkarané Puspitasari lan Prasaja. Priyayi sepuh kuwi éling yèn Puspitasari saiki wis dadi wenangé Prasaja, dudu wenangé R. Jaya Sentika manèh. Prasaja lan Puspitasari wis omah-omah dhéwé. Mula kurang prayoga mèlu cawé-cawé perkarané anak, kejaba yèn pancèn dijaluki pamrayoga.

"Inggih, Rama, matur nuwun. Nuwun sèwu, Rama, adalem badhé dhateng wingking."

"Iya iya, mangga," ngendikané R. Jaya Sentika manèh, isih tetep karo wira-wiri ngétan-ngulon.

Mlebu kamar, sanalika Prasaja kagèt nyumurupi praupan bojoné sing pucet njejet, gumléthak ing paturon. Tangan sidhakep, kemulan rapet, mripaté merem rapet.

"Dhiajeng!" celathuné Prasaja karo lungguh dhipan ing sandhingé Puspitasari. Puspitasari mbukak mripat satléraman ndeleng Prasaja, banjur merem manèh.

"Sirahku mumet, wetengku tansah muneg-muneg arep luntak, Kangmas."

"Dak-blonyo minyak kayu putih, ya." Ora nunggu wangsulan, Prasaja gya njupuk minyak kayu putih sing ana ing méja lan mblonyo Puspitasari sarandhuning awak. Puspitasari mung meneng baé, sanadyan yekti atiné lagi gela marang bojoné kuwi.

Nganti bengi, Puspitasari durung kuwat lungguh suwé kanggo mangan bebarengan. Mula sawisé Prasaja rampung mangan, banjur ndulang bojoné kanthi sabar lan tlatèn.

"Yèn ngéné iki, ora kaya-kaya menawa Kangmas Prasaja kanyata ora tresna marang aku," kandha batiné Puspitasari. *"Utawa ... apa iku mung pangrasaku dhéwé sing ora bener?"*

Puspitasari uga banjur mikir, yèn anggoné garap sari pancèn wis telat kira-kira patang minggu saka tanggal sing biyasané. Aja-aja dhèwèké ngandhut? Nelangsa atiné Puspitasari. Ing kahanan atiné lagi ketaton déning tingkahé Prasaja, nanging saiki malah ngandhut wijiné Prasaja.

Prasaja nilpun ibuné, ngabari yèn bengi kuwi arep nginep ing dalem jaya sentikan. Prasaja uga matur yèn awaké Puspitasari lagi ora kepénak. Sirah mumet, weteng tansah muneg-muneg, anané mung arep mutah-mutah baé.

Penggalihé Bu Hargarini kuciwa banget. Wis wiwit mau nunggu tekané Prasaja amarga ana sing arep dirembug, nanging jebul malah pamit yèn nedya nginep ing dalem jaya sentikan. Ati rasané mbedhedheg, péngin gya ngesokaké sanggan pikiran marang anaké sing pembarep kuwi. Legeg-legeg, Bu Hargarini ijèn dhéwé lenggah ing kursi resban pendhapa. Kahanan remeng-remeng, lampu robyong ing tengah pendhapa sajaké ana sapérangan sing mati. Pendhapa katon surem, kaya suremé penggalihé Bu Hargarini.

*

Penggalihé Bu Hargarini pancèn lagi bingung. Soré mau nalika menyang asrama MPBS, dipethukaké Daniyah karo tawan-tawan tangis. Praupané Daniyah katon pucet, awaké kuru, sandhangané pating klawèr, kaya ora diopèni. Bu Raras sing ngampingi Daniyah, mèlu nemoni Bu Hargarini.

"Kepriyé kahananmu, Daniyah?" pitakoné Bu Hargarini.

Daniyah salaman, lan ngambung astané Bu Hargarini karo ndhingkluk. Ditakoni ngono, tangisé Daniyah sangsaya seru.

"Kula boten mangertos, kados pundi kawontenan kula punika, Radèn Ayu. Wontenipun namung tansah sumpek. Kula péngin pejah kémawon, Radèn Ayu," aturé Daniyah karo nangis mingseg-mingseg.

"Ana perkara apa manèh?"

"Anggèn kula garap sari sampun telat sawetawis minggu, Radèn Ayu. Kula kuwatos ... adhuh ... banjur kepriyé mengko uripku ... ora wurung mung bakal mbarang wirang."

"Maksudmu ... aja-aja sliramu mbobot? Ngono apa kepriyé?"

"Inggih, Radèn Ayu."

Bu Hargarini blangkemen, gya nolèh marang Bu Raras. Bu Raras uga nolèh marang Bu Hargarini. Nanging kekaroné ora bisa kekandhan amarga bingung, apa sing bisa ditindakaké kanggo mbiyantu ngènthèng-ènthèngi panandhangé Daniyah. Wong loro pinangka jejering wanita diwasa lan wis akèh pengalamané, bisa mbayangaké sepira aboté pacoban sing tumama marang Daniyah.

"Iya ... pancèn abot pacoban sing kok-tampa. Nanging sabar-a ya, Daniyah. Muga-muga Gusti Allah énggal paring dalan padhang. Yektiné tekaku mréné arep njaluk pangapura, yèn aku kok-anggep luput," ngendikané Bu Hargarini, sawisé meneng sauntara wektu.

"Bab punika sampun boten penting malih, Radèn Ayu. Ingkang sakalangkung penting, kula kedah kadospundi nanggapi kawontenan punika. Kula péngin pejah kémawon," rerintihé Daniyah ngaru-biru ati.

"Aja kuwatir, aku lan Prasaja ora bakal meneng waé. Mangkono uga Bu Raras. Sliramu ora ijèn dhéwé. Isih akèh wong sing perduli marang sliramu."

Isih nangis, Daniyah ora wangsulan.

"Sawetara dina kepungkur jaré sliramu mbalèkaké ATM marang Prasaja. Banjur apa sing kok-anggo urip? Gèk awakmu barang banjur ora kok-opèni, panganggo pating klèwèr," ngendikané Bu Hargarini manèh.

Daniyah suwé ora wangsulan. Nanging nalika Bu Hargarini ngulungi ATM, Daniyah ora nampik.

"Ya wis. Daniyah dak-keparengaké bali menyang kamarmu. Aku arep rembugan karo Bu Raras," Bu Hargarini ngendika.

Karo tumungkul atur pakurmatan, Daniyah mundur saka ruwang tamu. Ing ruwang tamu mung kari wong loro, Bu Hargarini lan bu Raras.

"Hahhh .... " Bu Hargarini nyebulaké ambekan jero.

"Seseg, dhadha punika, Nak Raras," ngendikané Bu Hargarini manèh, sinambi nyekeli dhadha.

"Kula boten maiben, Ibu. Mila kedah énggal wonten cara kanggé ngudhari perkawis punika, sanadyan boten saged rampung-pung samudyanipun. Saboten-botenipun, bokmenawi saged ngènthèng-ènthèngi sangganipun Daniyah."

"Mila leres, Nak Raras. Menggah pamanggih Nak Raras, cara pundi ingkang prayogi, Nak?"

“Menawi kepareng matur, nanging atur kula punika inggih namung dhapur pemanggih, namung ningali saking tata lair, Ibu. Liripun, taksih wonten perkawis *psikologis* ingkang kedah dados tetimbangan. Menawi nyata-nyata Daniyah mbobot, cara ingkang sepisan, *janin* utawi lésan saged dipun-gogrogaken. Sawetawis wekdal, perkawis lerem. Nanging cara punika ugi wonten awonipun. Bénjing menawi Daniyah émah-émah, saged dados perkawis malih menawi sémahipun boten trimah, nalika ngertos Daniyah sampun boten prawan.“

“Ning nuwun sèwu, Nak Raras, kula boten sapemanggih. Kejawi kados-kados kok ‘ngapusi’ dhateng sémahipun bénjing, ngaten punika rak ateges mejahi bibiting titah agesang, ingkang sampun dados pepesthèning Pangéran.”

“Leres, Ibu. Mila kedah dipun-timbang lan tintingi kanthi premati,” wangsulané Bu Raras.

Bu Hargarini kèndel ora wangsulan.

Bu Raras nerusaké matur, “Déné cara ingkang angka kalih, inggih punika madosaken jodho kanggé Daniyah, ingkang purun nampi Daniyah punapa wontenipun. Mila kedah blaka suta wiwit sekawit, menggah kawontenanipun Daniyah sanyatanipun. Temtunipun kedah wonten pepulih ingkang murwat dhateng tiyang punika, saboten-botenipun cekap kanggé sangu gesang ing bebrayan ageng. Sokur bagé menawi cekap kanggé pawitan dedagangan. Makatena, anggènipun madosaken jodho Daniyah, inggih sampun ngantos sawiyah-wiyah, ‘mung waton ana sing gelem’. Jodhonipun ugi kedah sabagag, jer nyatanipun Daniyah punika larénipun inggih ayu manis merak ati, pawiyatanipun ugi inggil.”

“Menawi ngaten punika ... kula sakelangkung mathuk. Malah, mrentul ing manah kula, sadèrèngipun Daniyah punika dipun-padosaken jodho, badhé kula pendhet pinangka anak pupon miturut pranatan ukum. Dados, kejawi dipun-padosaken jodho, ugi dipun-angkat drajatipun.”

“Wah, inggih. Punika prayogi sanget, Ibu. Malah kula lajeng ènget ngendika nandalem nalika mapag Daniyah.”

“Oh, ... lha kula wicanten punapa nalika semanten, Nak Raras?”

“Ibu badhé nyengkuyung, menawi Dhik Prasaja pancèn wonten niyat badhé mendhet Daniyah pinangka sisihan, sauger Daniyah saged nampi pinangka garwa ampil.”

“Oh ... punika, nggih. Bokmenawi kabekta adrenging kekajengan kula nalika semanten, supados Prasaja purun énggal dhaup kaliyan Puspitasari. Nanging ningali kawontenan sapunika, ugi kedah nglelimbang pangraosipun Puspitasari. Punapa Puspitasari purun dipun-wayuh?”

“Ibu, sedaya atur kula punika namung dhapur pemanggih, kanggé tetimbangan. Déné cara pundi ingkang badhé dipun-agem, mangké saged dipun-penggalih malih kanthi wening, malah kepara bokmenawi perlu pirembagan kaliyan Dhik Prasaja.”

“Inggih, leres. Matur nuwun paringipun sedaya iguh pratikel. Bènten ingkang dipun-rembag, Nak Raras. Badhé nyuwun priksa, lajeng kadospundi menggah srawungipun Daniyah ing kampus, Nak Raras?”

“Èstunipun inggih mesakaken sanget, Ibu. Sapunika Daniyah prasasat boten purun sesambetan kaliyan sinten kémawon, kejawi menawi pancèn kepèpèt lan mbetahaken pambiyantunipun asanès. Kadosipun kok ajrih dhateng sinten kémawon."

Bu Hargarini unjal ambekan landhung bola-bali. Sawisé ngaturaké panuwun marang Bu Raras, Bu Hargarini nuli pamit.

-0-

Kosa tembung:

Muneg = *mual;*
luntak = *muntah;*
diblonyo = *diolesi merata;*
lésan = *fetus* = *janin;*
dipuntintingi = *dipilih;*
premati = *dengan cara yang baik;*
pepulih = *imbalan.*

20. TITIK TERANG 1

Bu Hargarini unjal ambekan landhung. Kaya-kaya ora ana perkara liya sing luwih kepénak, kejaba unjal ambekan jero. Soré mau ing Prambanan, Daniyah kandha yèn wis telat anggoné garap sari. Aja-aja Daniyah mbobot? Lah ... saiki Puspitasari, anaké mantu, uga lara tansah arep mutah-mutah.

"Aja-aja Puspitasari uga ngandhut? Kang mangka sajaké, sesambunganė Prasaja lan Puspitasari ya lagi ora becik," pangudarasané Bu Hargarini lirih.

Ora krasa, luh sing kumembeng ing mripaté dumlèwèr menyang pipi, lan pungkasané tumiba ing pangkon. Ora bisa ngampah, banjur nangis kamisesegen. Wengi sangsaya sepi, ijèn dhéwé ing pendhapa. Angin sumilir sing nggawa hawa adhem, tumiyup mring anggané Radèn Ngantèn Hargarini. Sinambi ngusap eluh ing socané, Bu Hargarini mlebu dalem ageng.

*

Sawijining dina wayah soré, Prasaja nampa tilpun saka Bu Raras utawa Larasati, yaiku Kepala SMP MPBS sing uga pinitaya pinangka panggulawenthah asrama MPBS. Déné surasané, Raras péngin ketemu sapejagong karo Prasaja. Dina candhaké, sadurungé budhal menyang *proyek* pomahan ing tlatah Manisrengga, Klaten, Prasaja ngelengaké mampir ing kampus MPBS.

"Kepriyé, Mbak?" pitakoné Prasaja sajak kaya selak ora sranta, nalika wis tekan kantoré Bu Raras ing kampus MPBS.

"Ayo awaké dhéwé lungguh ing dhingklik sangisor wit klèngkèng kaé waé, Dhik. Mundhak rembugé keprungu suket godhong," wangsulané Bu Raras, semu serius.

Prasaja banjur ngetutaké Bu Raras tumuju wit klèngkèng sing ana ing plataran kampus MPBS.

"Kepriyé, Mbak? Kok sajak kaya ana rembug sing wigati ngemu wewadi ta, Mbak?"

"Iya. Perkara iki pancèn wigati lan ngemu wewadi. Ngéné, Dhik! Wingi soré ana kancané Daniyah saka ndésa, wong loro, sing dolan mréné. Aku sing kepeneran kejibah ngawasi Daniyah, mesthi waé saka kadohan, ngrasakaké ana sing nyalawadi."

"Lha tamuné kuwi sapa, Mbak?"

Karo ngulungaké buku tamu asrama MPBS, Bu Raras kandha, "Sing siji, yèn aku ora klèru, kaya kok putrané Pak Lurah Sasra Sudira. Dhèwèké wis tau mréné bareng pak lurah, tilik Daniyah. Déné sing siji liyané, tinulis ing buku tamu jenengé Sura ... Sura Gedhug."

Prasaja namataké cathetan ing buku tamu.

"Oh ngono. Yèn nitik jenengé, bokmenawa bener. Putrané Pak Lurah Sasra Sudira pancèn jenengé Martoyo. Aku ngerti lan kenal, sanadyan arang banget srawung. Malah jaréné kanca-kanca, asring dolan ing Taman Wisata Balérанté. Déné yèn sing siji liyané, aku ora kenal. Banjur ... sing Mbak Raras anggep nyalawadi sing endi, Mbak?"

"Ngéné. Nalika nampa tamu kuwi, ora sengaja aku weruh Daniyah tansah rongèh, katon ora jenjem. Bab kuwi, narik kawigatènku. Bareng dak-gatèkaké temenan, Daniyah katon *gelisah* sajak wedi saben-saben ndeleng kancané Martoyo kuwi. Nah maksudku, aja-aja ing mémoriné Daniyah yektiné ana rasa wedi marang uwong kuwi, nanging ora ngrumangsani. Apa Dhik Prasaja wis tau krungu istilah *agorafobia*?"

"Wadhuh ... apa kuwi, Mbak? Aku ora ngerti."

"Agorafobia yaiku kahanan *panik* sanalika ing sawijining uwong, amarga ana gangguan rasa wedi lan kuwatir, nalika mikiraké, utawa wis tau ngalami sawijining kedadéan, utawa ing sawijining papan, utawa ing sawijining kahanan. Aku mikir, aja-aja bab kuwi ana gandhèng-cènèngé karo perkarané Daniyah, ya? Kepriyé mungguh panemumu, Dhik Pras?"

Suwé Prasaja ora bisa énggal wangsulan. Ngèlingi yèn Martoyo wis tau ditampik déning Daniyah, ing atiné kang jero, sanadyan sethithik pancèn ana rasa cubriya yèn Martoyo sing wis gawé cilakané Daniyah. Nanging pulisi wis mriksa Martoyo, ora nemokaké bukti-bukti utawa seksi, satemah Martoyo ora bisa disèrèt menyang pengadilan. Nanging saiki ana kancané Martoyo sing malah rada nyalawadi.

Ing pamikirané Prasaja, apa Sura Gedhug ngerti yèn Martoyo tau ditampik Daniyah, banjur 'mancing ing banyu buthek'? Sura Gedhug sing tumindak ngruda-peksa Daniyah, nanging Martoyo sing bakal 'ketiban awu anget'?

"Matur nuwun banget paringé katrangan, Mbak. Yèn miturut pamikirané Mbak Raras dhéwé, apiké kepriyé ya, Mbak?"

"Dakkira prayoga yèn lapur pulisi baé, Dhik. Mengko karebèn pulisi sing golèk katrangan, utawa malah kepara njaluk katrangan *langsung* marang Sura Gedhug."

"Iya, Mbak. Matur nuwun," kandhané Prasaja.

"Omong-omong, Dhik. Yèn aku nggatèkaké Daniyah, saiki awaké kok sangsaya kuru, nyenyandhang ya kaya 'ora niyat'. Karo manèh ... nuwun sèwu iki ... aja-aja Daniyah ki mbobot, ya? Nalika aku ngampingi ingkang ibu, Daniyah matur yèn wis telat anggoné garap sari," kandhané Bu Raras béda rembug.

"Iya, Mbak. Ibu ya wis ngendika bab kuwi marang aku. Aku dhéwé ya bingung, kudu kepriyé."

"Mirid saka panemuku, yèn cetha Daniyah mbobot ya kudu dirabèkaké. Embuh karo sapa, kanggo nutup wirang. Aja nganti Daniyah nglairaké bayi tanpa bapak. Tumrap Dhik Prasaja, pinangka wong sing amba teba srawungé, dakkira dudu perkara sing angèl nggolèkaké bojo Daniyah. Daniyah kaé bocahé ayu lan sekolahé ya dhuwur."

Atiné Prasaja krasa kumesar, sar sir. Prasaja durung rila yèn Daniyah rabi karo wong liya. Ana tresna ing jero atiné. Kenang-apa ora rabi karo dhèwèké baé? Nanging, banjur kepriyé Puspitasari, sing saiki sajaké ya lagi ngandhut? Tumrap Prasaja pribadi, duwé bojo loro mono ora dadi masalah. Nanging apa Puspitasari legawa dimaru?

"Mbak! Bokmenawa Mbak Raras ya wis priksa, sasuwéné iki Daniyah cubriya, menawa ibu sing njlomprongkaé Daniyah marang kanisthan. Mula kanggo mbuktèkaké yèn ibu ora tumindak culika, kepriyé yèn upama, iki mung upama ... Daniyah dak-rabi dhéwé? Kepriyé miturut panemuné Mbak Raras?"

"Yèn Dhik Prasaja lan Jeng Puspitasari legawa, dakkira prayogya banget. Ngiras-ngirus ngangkat drajaté Daniyah. Nanging apa Jeng Puspitasari legawa? Lha yèn ora, rak mung paribasané 'golèk uceng kélangan deleg' ta, Dhik."

Prasaja unjal ambegan landhung, karo kandha, "Iya pancèn ngono."

"Ya wis. Yèn ora ana rembug liya, sawetara cukup seméné dhisik ya, Dhik. Mangga yèn arep tindak kantor, muga-muga Daniyah énggal antuk dalan padhang. Matur nuwun wis kersa mampir."

*

Ing kantoré, Prasaja bali ngundang Suryono.

"Wonten dhawuh, Gus?" pitakoné Suryono sawisé lungguh ing ngarepé Prasaja.

"Ana jejibahan penting. Nanging, iki jejibahan wadi, Mas," kandhané Prasaja lirih.

"*Siaap*! Siyaga ing gati mbéngkasi karya!" wangsulané Suryono, tangané tengen diangkat ing dhuwur alis kaya patrapé tentara caos kurmat.

Wong loro nuli cecaturan bisik-bisik. Ora let suwé, Suryono wis bali menyang méja kerjané dhéwé.

*

Sawetara dina candhaké, Suryono karo kancané siji, Sarija, lunga menyang *penambangan* wedhi Kali Géndhol sacedhak Kaliadhem. Wong loro nganggo masker lan topi. Sanadyan ora nemaha mémba-mémba, saora-orané ora gampang dikenali déning sapa baé.

"Nuwun sèwu, Ki Sanak, arep takon. Yèn aku arep ketemu Pak Sura Gedhug, priyayiné sing endi, ya?" Sarija takon marang sawijining uwong sing ana ing kono.

"Wadhuh ... kapinujon wongé ora ana jé, Ki Sanak." Wangsulané wong kuwi. "Ana urusan apa, ta? Yèn arep pesen wedhi, kaé lho, ana Mas Martoyo. Mas Martoyo iku juragané Surajaya utawa Sura Gedhug."

"Oh, ngono. Iya, pancèn mung arep golèk pasir. Ana sing ngandhani yèn Pak Sura Gedhug iku juragané pasir. Matur nuwun paringé katrangan ya, Ki Sanak," wangsulané Sarija.

"Dudu! Juragané pasir ing kéné ya Mas Martoyo, déné Sura Gedhug iku andhahané, utawa tangan tengené Mas Martoyo."

Wong kuwi banjur nudhingi wong sing gantheng, pawakané gedhé, karo kandha, "Lha, kaé! Mas Martoyo iku sing nganggo klambi kothak-kothak biru, kaé.

Lagi baé Suryono lan Sarija arep jumangkah nyedhaki Martoyo, keprungu swara pit montor sing knalpot-é diblombong ora nganggo saringan, teka saka kadohan.

"Oh ... beja kowé, Ki Sanak. Lha kaé, Sura Gedhug malah wis teka," kandhané wong kuwi manèh.

Ana nom-noman pawakané cendhèk lemu mudhun saka pit montor, wetengé sing gedhé katon glombyar-glombyor. Wong sing mau ditakoni Suryono banjur lunga ninggalaké papan kono.

"Ana apa?" pitakoné Sura Gedhug marang Sarija.

"Ayo! Anggoné rembugan ing warung kana kaé waé, Mas," ajak-é Sarija.

Sura Gedhug minggiraké pit montoré, wong telu banjur tumuju warung. Ing kono ana pirang-pirang warung, wong telu milih sing paling cedhak.

"Ana apa?" Sura Gedhug mbalèni pitakoné.

"Arep pesen wedhi, Mas."

"Pirang truk?"

"Ora akèh, Mas. Mung kira-kira sewelas truk. Iku baé, amarga papané rupak, njaluk dieteraké saben telung dina sak-truk."

"Waa ... lha kok mung sethithik?"

"Iya, Mas. Lha, pancèn butuhé mung sethithik."

"Terus ... dikirim menyang endi, omahé sapa?" genti Sura Gedhug sing takon.

"Mesjid Al Falah, Dhusun Kléwonan, Bimomartani, Ngemplak, Sleman, jalan Cangkringan. Urusan mbayar karo aku, yèn tekan kana pasir dipasrahké marang Mbah Kaji Tukijan, ya," wangsulané Sarija.

-0-

Kosa tembung:

Soca = *mata;*
ngampingi = *mendampingi;*
teba srawungé = *jangkauan pergaulan;*
mbéngkasi = *menyelesaikan;*
rupak = *sempit/sesak.*

21. TITIK TERANG 2

Sinambi rembugan, wong telu pesen kopi panas legi kenthel. Uga ing kono cumepak werna-werna panganan ndésa, kayata: gedhang gorèng, mendhoan, bakwan, gedhang godhog, lan sapanunggalané. Mesthi baé, uga ana sega ramès.

"Wis suwé usaha wedhi, Mas?" pitakoné Sarija.

"Ya ... kira-kira pitung taunan ayaké. Ning ya mung mbantu-bantu Mas Martoyo."

"Lha kok ora usaha dhéwé baé, Mas?"

"Ora gampang, ya. Kelakon 'disikat' Mas Martoyo. Ing penambangan kéné kabèh kudu liwat Pak Martoyo. Ora ana tukang golèk wedhi sing wani ngedol liwat wong liya. Apa manèh umumé tukang-tukang wedhi kaé wis kejiret utang marang Pak Martoyo"

"O ... ngono. Mula kok sajaké Mas Sura Gedhug dipercaya banget déning Pak Martoyo."

"Iya, pancèn bener. Malah ora mung perkara bakul wedhi, mangkono uga perkara liyané."

"Kejaba perkara bakul wedhi, sajaké uga kanca dolan, ya?"

"Iya ...."

Wong telu ngobrol nggedebus ngalor ngidul ora cetha sing dirembug.

Dumadakan Sarija takon nambuhi, "Pak Martoyo kaé putrané pira, Mas?"

"Yèn kancané wadon, akèh. Ning durung rabi! Kandhané, biyèn wis tau nyenengi wong wadon, nanging ditampik. Nganti saiki durung ana bocah wadon liya sing narik kawigatèné. Sajaké bocah wadon kuwi isih kumanthil-kanthil ing atiné."

"Wah ... lha kok élok temen. Gèk sapa bocah wadon kuwi? Arep di-pèk bojo juragan wedhi waé kok nampik."

"Yèn asal usulé, bocah wadon kuwi mung cah lola anak bakul suket ing tlatah Kemalang kana. Ning saiki bisa sekolah nganti pawiyatan luhur ing Prambanan. Mula ora mokal yèn wani nampik Pak Martoyo, lha wong Pak Martoyo kaé sekolahé ya mung nganti SMU, kok ya."

Suryono kang wiwit mau mung meneng baé, nyénggol tangané Sarija karo nuduhaké jam, pratandha ngajak bali.

Sarija nangkep pasemon, banjur pamit, "Ya wis, Mas Sura. Iki rega wedhi sewelas truk dak-bayar kontan, ya. Aja lali pesenku mau. Di-eteraké menyang Mesjid Al Falah dhusun Kléwonan, Jalan Cangkringan, sak-truk saben telung dina. Iki wis surup, aku karo kancaku njaluk pamit dhisik. Rega panganan ing warung iki, uga wis dak-bayar kabèh.

"Matur nuwun ya, Ki Sanak. Nuwun sèwu, sapa jenengmu mau?"

"Sarija," sumauré Sarija karo ninggalaké warung.

Suryono lan Sarija nuli pamit. Ora nunggu ganti dina, sawisé adoh saka Kaliadhem, Suryono nilpun Prasaja.

"Sugeng sonten, Gus. Gus Prasaja wonten kantor pundi, Gus?"

"Isih ana kantor Balérانté, Mas. Kepriyé?"

"Sampun kondur rumiyin, kula badhé pinanggih."

“Lha saiki Mas Suryono ana endi?”

“Wonten mergi, saking Kaliadhem tumuju Balérante, Gus.”

“Ya wis. Dak-tunggu.”

Ora nganti setengah jam, Suryono wis tekan kantor Taman Wisata Balérante. Taman wisata wis tutup, pegawé kantor wis padha bali. Mung kari jagabaya lan pegawé kang kejibah ngopèni kéwan ing kebon raja *mini.* Kanthi mlaku cepet, Suryono lan kancané gya mlebu *ruwang kerja*-né Prasaja.

“Iki sapa, Mas?” tembung kang sepisanan kewetu saka Prasaja, nyumurupi Suryono ngajak kanca. Mripaté manther ndeleng kancané Suryono kuwi.

“Punika Sarija, Gus. Ampun kuwatos. Menawi tiyang niki kiyanat, kula piyambak sing ajeng nugel guluné. Ija! Kenalké, iki *bosku,* asmané Radèn Mas Prasaja.”

Sarija ndhingkluk kurmat lan salaman karo Prasaja. Wong telu banjur lungguh ing kursi tamu. Kanthi lirih, cetha, lan princi Suryono atur pelapuran anggoné golèk sisik melik sing gegayutan karo Sura Gedhug.

“Dadi genah lan cetha, pancèn ana uwong sing jenengé Sura Gedhug lan duwé sesambungan raket karo Martoyo?”

“Inggih, Gus. Nama aslinipun Surajaya, nanging ing tlatah Kaliadhem langkung kawentar pinangka Sura Gedhug. Mapan ing Dhusun Talang Sari, Argomulya, Cangkringan, piyambakipun punika tangan-tengenipun Martoyo. Boten namung ing babagan sesadéan pasir, ananging ugi perkawis sanèsipun.”

“Mas Sur, matur nuwun awit kabèh pambiyantumu. Kanthi mangkono, aku ora tidha-tidha yèn kanthi sesidheman lapur pulisi, karebèn pulisi tumindak mriksa wong kuwi."

"Inggih, Gus, sami-sami. Gus ... punapa kula kepareng sumela atur bènten rembag?"

"Apa?" wangsulané Prasaja karo mèsem.

"Jagabaya ing lokèt karcis, punika rak èstunipun taksih kirang, Gus. Menawi pas ramé, antrinipun temtu kisruh. Nyuwun idi palilah, kadospundi menawi Sarija punika kersanipun nambah paraga jagabaya?"

"Ha ha ha ...." Prasaja ngguyu sora. "Kuwi buntuté rembug, ya? Yèn ... pancèn isih mbutuhaké, ya ora apa-apa. Ning sésuk yèn gawéané mung kloyongan, dak-tempuhké Mas Suryono, ya."

"Siaap!" wangsulané Suryono, uga karo ngguyu.

Suryono banjur nolèh marang Sarija karo kandha, "Kowé wis krungu dhéwé ta, Ja. Sésuk ésuk wiwit nyambut gawé. Aja ndléya, aku sing dadi tanggunganmu."

"Iya, Mas," wangsulané Sarija, banjur nolèh marang Prasaja karo matur, "Matur nuwun, Gus, kula sampun dipun-tampi nyambut damel. Mugi amberkahi nggih, Gus."

"Iya, Dhik, padha-padha."

Suryono lan Sarijo nuli pamit. Déné Prasaja, sawetara wektu nerusaké nyambut gawé ing kantoré. Isih ana pirang-pirang perkara sing kudu dirampungaké, gayut karo panggulawenthahing Taman Wisata Balérانté, mliginé bab olèh-olèhaning dhuwit saka para pelancong. Kudu dipriksa kanthi tliti, aja nganti ana pametu sing ketliweng durung mlebu kas.

Sinambi nyambut gawé, pikirané Prasaja bali marang Martoyo lan Sura Gedhug. Prasaja luwih seneng nyebut Sura Gedhug, amarga jeneng kuwi kang tinulis ing buku tamu asrama MPBS. Kang mangka jeneng sanyatané Surajaya. Iki pancèn kanthi nemaha nganggo jeneng singlon, apa mung merga kepeneran? Nanging miturut katranganė Suryono mau, ing penambangan wedhi pancèn luwih dikenal Sura Gedhug tinimbang Surajaya. Dadi sajaké ora kanthi sengaja nganggo jeneng singlon.

Kejaba kuwi, Prasaja uga nangkep pasemon yèn Sura Gedhug kaya ora duwé rasa wedi kewiyak wadiné. Sajak ora sesingidan, kaya lumrahé uwong sing lagi baé nindakaké kadurjanan. Rong perkara kuwi sing gawé atiné Prasaja mangu-mangu yèn arep gawé pelapuran resmi utawa *formal* marang pulisi.

Yèn Prasaja gawé pelapuran formal, nanging kanyata ora kabuktèn yèn Sura Gedhug wis nindakaké kadurjanan, bakal tuwuh pasemon kaya-kaya Prasaja wis gawé pitenah, golèk-golèk kaluputané wong liya. Apa manèh yèn nganti ngèmbèt Martoyo, bisa-bisa Lurah Sasra Sudira uga dadi salah tampa. Kang mangka sasuwéné iki sesambungan antarané Prasaja lan Lurah Sasra Sudria, apik banget. Manteb atiné Prasaja nedya nemoni Pak Kamto, kenalan pulisi sing bisa pinitaya.

Kanthi ati isih mangu-mangu Prasaja ninggalaké kantor Taman Wisata Balérantė. Prasaja duwé pengarep-arep muga-muga sapa wong sing culika kuwi, bisa énggal kewiyak. Rencanané sésuk ésuk arep nemoni kanca pulisi. Yèn bisa, Prasaja arep gawé pelapuran *informal* baé. Maksudé, sanadyan pulisi antuk katrangan saka Prasaja, nanging digawé kaya-kaya pulisi tumindak dhéwé nalika golèk katrangan kuwi.

Nanging, Prasaja ora sranta nunggu nganti sésuk, péngin énggal ketemu kancané pulisi. Prasaja banjur nilpun Puspitasari lan ibuné, pamit yèn baliné rada telat.

Prasaja uga banjur dhawuh Pak Tarja, supiré, supaya mlaku alon-alon liwat désa Bronggang arah Pakem. Prasaja banjur nilpun sawjining uwong.

"Punika Pak Kamto, nggih?"

"Inggih leres, Gus. Wonten dhawuh?"

"Menawi Pak Kamto ludhang, kula péngin pinanggih sapejagong, Pak?"

"Mangga! Kleresan kula boten wonten acara dalu punika, Gus."

"Pak Kamto kersanipun dipun-papag Pak Tarja, nggih?"

"Lha badhé pinanggihan wonten pundi ta, Gus?"

"Wonten griya dhahar Cemara Lejar, Pak."

"Walah, punika celak griya kula, Gus! Sampun ... Gus Prasaja nengga wonten ngriku kémawon. Kula dak-numpak sepédha montor mawon."

"O ... ngaten. Menawi makaten kula tengga nggih, Pak."

"Inggih, Gus. Pun tengga sekedhap, nggih."

Prasaja kanthi njarag golèk méja sing rada ndhéwé saka méja liyané. Ora suwé Prasaja anggoné nunggu, ana wong cilik dhuwur awaké kenceng teka ing Griya Dhahar Cemara Lejar, ngenganggo sandhangan préman. Kaya lumrahé kanca raket sing suwé ora ketemu, wong loro nuli salaman lan cecaturan nakokaké kahanané.

Wong loro banjur milih menu dhedhaharan sing cocog karo senenganė dhéwé-dhéwé. Pak Tarja uga pesen dhéwé, mung baé ora lungguh dadi siji. Pak Tarja ngerti yèn Prasaja duwé rembug wadi karo Pak Kamto. Mula dhèwèké ora nyedhak kaya biyasané.

-0-

Kosa tembung:

Manther = *seperti bersinar;*
tidha-tidha = *ragu-ragu;*
kloyongan = *jalan kesana kemari tanpa tujuan jelas;*
daktempuhké = *minta ganti;*
ndléya = *mengabaikan tugas;*
ketliweng = *salah jalan/salah pendapat;*
singlon = *samaran.*

22. SILIH CIDRA

Sinambi ngedhapi dhedhaharan, wong loro kekandhan lirih-lirih. Prasaja nyritakaké kedadéan kaya sing dicritakaké déning Bu Larasati, Kepala SMP MPBS. Yaiku, Daniyah katon ngedhap utawa nggragap saben-saben ndeleng Sura Gedhug; nalika Daniyah nampa tamu Martoyo lan Sura Gedhug. Prasaja uga nyritakaké panemuné Bu Raras, sanadyan durung mesthi bener. Yaiku, kedadéan ngono kuwi bisa dadi pratandha, yèn Daniyah duwé rasa wedi utawa *trauma* marang Sura Gedhug, nanging Daniyah dhéwé ora rumangsa. Prasaja nélakaké rasa cubriyané, aja-aja kedadéan kuwi ana gandhèng-cènèngé karo kedadéan Daniyah diruda-peksa.

Pulisi Kamto sing lantip panggrahitané, gya bisa nangkep apa sing dikarepaké Prasaja.

"Cethanipun ... Gus Prasaja ngersakaken Sura Gedhug dipun-priksa déning pulisi, bokmenawi wonten gegayutanipun kaliyan perkawisipun Daniah. Rak ngaten ta, Gus?"

"Inggih leres, Pak Kamto. Éwa semanten, kula suwun sampun ngatos wonten pasemon bilih kula ingkang lapur dhateng pulisi."

"E e e ...! Malah kosok-wangsulipun, Gus," kandhané pulisi Kamto karo ngguyu.

"Liripun kadospundi, Pak Kamto?"

"Panjenengan kedah siyaga nampi panganggep, menawi panjenengan ingkang lapur dhateng pulisi.

Tumrap sedaya tiyang ingkang rumaos kadakwa pinangka durjana ing perkawisipun Daniyah, temtu gadhah panginten menawi panjenengan ingkang nglapuraken piyambakipun dhateng pulisi. Awit, panjenengan pinangka wali-nipun Daniyah, pancèn pihak ingkang paling nggadhahi kepentingan ing perkawis punika. Wonten ingkang lapur utawi boten, temtu sedaya tiyang ingkang dipun-priksa pulisi, badhé nginten bilih panjenengan ingkang lapur, Gus Pras."

"Boten saged dipun-éndhani nggih, Pak Kamto?"

"Temtu boten, amargi pancèn nalaripun makaten. Nanging Gus Prasaja boten perlu kuwatos. Menawi namung panginten, rak inggih boten dados punapa ta, Gus? Lah, menawi sampun gepok-sénggol utawa suwanten ingkang ngina lan damel serik ing manah, punika saged dados urusanipun pulisi malih."

"Inggih, sanadyan namung panyakra-bawa utawi penginten awon, èstunipun ugi boten sekéca ing raos, Pak Kamto. Kados upaminipun, Daniyah nyubriyani ibu pinangka dhalanging lelampahan punika. Rak inggih boten sekéca kapireng lan karaos ta, Pak Kamto?"

"Pancèn inggih. Ananging cubriyanipun Daniyah punika mlebet ing nalar. Mila durjana ingkang sejatosipun kedah saged kacepeng lan kabuktèkaken, supados saged ngresiki asmanipun ingkang ibu."

"Inggih, leres. Sedaya kula sumanggakaken Pak Kamto kémawon."

Wis ana kesaguhané pulisi Kamto mbiyantu Prasaja. Sawisé ngaturaké panuwun lan mbayar kabèh tagihan rega mangan bengi, Prasaja nuli pamit.

*

Kaya biyasané, nadyan wis soré Sura Gedhug isih nyambut gawé ing penambangan wedhi Kaliadhem, nalika sawijining dina ana pulisi loro nggolèki. Ora mung pisan pindho yèn ana pulisi sing nggolèki dhèwèké, amarga Surajaya pancèn duwé akèh kenalan pulisi. Nanging, Surajaya babar pisan ora ngira yèn pulisi sing nggolèki soré kuwi dudu kenalané. Pulisi kuwi mènèhaké layang *panggilan* nganggo dluwang werna abang. Rampung Surajaya nandha-tangani buku '*tanda terima*', pulisi loro nuli pamit.

Ora gantalan wektu, Surajaya gya mbukak amplop coklat sing ana *stèmpel kepulisian*.

"Sétan alas!" pisuhé Surajaya nalika maca layang kuwi. Surajaya ditimbali pulisi, arep dijaluki katrangan gegayutan karo perkarané Daniyah.

"*Mesthi ana sing lapur, iki. Nanging sapa, kok bisa nyambungaké perkarané Daniyah karo aku. Kang mangka, aku ora tau candhuk lawung babar pisan karo Daniyah?*" pitakonan sing tuwuh ing atiné Surajaya.

Prasasat sewengi nutug, Surajaya ora bisa turu, mikiraké *panggilan* pulisi. Kok pulisi bisa nimbali dhèwèké? Kok pulisi bisa ngèmbètaké jenengé? Apa Martoyo sing lapur marang pulisi? Apa Martoyo cidra janjiné nalika semana, yèn arep ngayomi dhèwèké? Nanging yèn ngono, bokmenawa Surajaya ya kepeksa mbukak wadiné Martoyo. Sanadyan dikaya-ngapa, mesthi baé keslametané dhéwé luwih penting tinimbang keslametané wong liya.

"*Utawa ... apa Daniyah nalika semana jan-jané isih éling ora kena obat bius? Obat bius sing di-tamakaké ing irung lan tutuké kaé kurang mandi? Satemah Daniyah bisa nitèni praupanku? Nanging aku ora tau wanuh sadurungé, mesthiné Daniyah ora ngerti, aku iki sapa?"* pangudarasané Sura Gedhug ing paturon.

Dina candhaké Surajaya nemoni Martoyo ing penambangan wedhi Kaliadhem.

"Mas, arep ana sing dak-kandhakaké. Ayo sumingkir dhisik."

Wong loro banjur ngadoh saka kanca-kanca liyané.

"Ana apa?" pitakoné Martoyo.

Surajaya banjur ngetokaké layang saka kanthong klambi, lan diulungaké marang Martoyo klawan kandha, "Aku ditimbali pulisi, gayut karo perkarané Daniyah."

"Lha ... kok bisa?"

"Mas Martoyo aja nambuhi. Sing ngerti perkara iki mung aku karo kowé, Mas. Dadi, yèn aku sing dilapurké, mesthi Mas Martoyo sing lapur. Kosok-baliné, yèn Mas Martoyo sing dilapuraké, mesthi aku sing lapur."

"Demi Allah, aku ora lapur pulisi, Gedhug."

"Ora usah nggawa asmané Gusti Allah. Aku karo kowé kuwi, padha lé wong bejad. Kowé wis nggèrèt jenengku. Yèn nganti aku kepèpèt, aku ya kepeksa nggèrèt jenengmu, Mas. Aku arep blaka suta, kepriyé kedadéan sing sanyatané."

"Ateges kowé arep nyilakakaké aku?"

"Lha, apa Mas Martoyo ora kèlingan, yèn sing sejatiné tumindak iku pancèn Mas Martoyo? Dudu aku? Apa Mas Martoyo lali? Apa iya, kowé sing tumindak, nanging aku sing kudu 'ndhekem' nang bluwèn? Yèn dinalar jero, sejatiné ya Mas Martoyo dhéwé sing gawé cilakamu, Mas."

"Yèn ngono, dirampungké saiki waé. Aku apa kowé sing urip?"

"Mas Martoyo! Aja kok-kira aku wedi marang kowé. Aku ora wedi mati, Mas. Aku iki dudu sapa-sapa, ora duwé apa-apa. Yèn aku mati saiki utawa sésuk, ya ora ana sing ngeboti. Ora ana sing nggondhèli. Apa manèh aku saiki wis genah *dipanggil* pulisi. Ora wurung, mlebu buwi. Nanging kowé? Kowé kuwi anak lurah sing duwé kalungguhan, drajad, lan pangkat. Apa ora éman? Karo manèh, yèn aku mati apa rampung perkarané?"

Martoyo meneng baé, pandulu mencereng menthelengi Sura Gedhug. Ing ati ngakoni, yèn apa sing dikandhakaké Sura Gedhug pancèn bener. Nanging ... ya miris lan uga isin yèn kudu mlebu pakunjaran. Ing atasé Martoyo anak lurah, kok ndhekem ing pakunjaran. Apa kudu matèni Sura Gedhug? Yèn Sura Gedhug mati, apa rampung perkarané?

"Wis ya, Mas, ngono baé. Apa isih péngin matèni aku? Yèn iya, mesthi waé aku bakal bangga," kandhané Surajaya karo gya ninggalaké *penambangan* wedhi Kaliadhem.

Martoyo mung bisa ndeleng lakuné Sura Gedhug sing sangsaya adoh. Martoyo isih lungguh dheleg-dheleg ing dhuwur watu gedhé, atiné bingung. Tumrap Martoyo, pilihané mung loro. Mlayu adoh supaya ora bisa dilacak déning pulisi, utawa pasrah bongkokan marang pulisi, ndhadhagi kabèh tumindak sing wis tau dilakoni.

*

Ora suwala, rong dina candhaké Surajaya teka dhéwé ing kantor pulisi. Sedina nutug Surajaya dipriksa pulisi, ditakoni werna-werna sing kira-kira gegayutan karo perkarané Daniyah. Surajaya nyritakaké kedadéan bengi kuwi wiwit mula nganti pungkasan, ora ana sing kliwatan utawa ditutup-tutupi. Yaiku wiwit Sura Gedhug ngerti yèn ana bocah ayu mapan ing omahé Pak Kariyo, nganti bebarengan karo Martoyo ngrancang lan ngayahi kadurjanan ing bengi kuwi.

Kanthi cetha, Surajaya crita yèn sekawit pancèn Surajaya sing mbungkem Daniyah nganggo kacu sing wis disemprot obat bius. Nalika Daniyah wis ora éling, digawa menyang pinggir kali Géndhol cedhak Kapanéwon Cangkringan, lan sabanjuré dipasrahaké marang Martoyo. Martoyo sing wis ngombé tuwak, bengi kuwi ngruda-pekda Daniyah. Dudu Surajaya.

Gandhèng Surajaya wis ngakoni tumindaké, mbiyantu Martoyo nganti kasil ngrudapeksa Daniyah, ya wiwit wektu iku Surajaya ditahan pulisi. Alasané, supaya ora mlayu utawa ngilangaké barang bukti. Sawisé krungu pangakuné Surajaya, Pulisi gya nyawisaké *Surat Perintah Penangkapan* kanggo Martoyo. Prasasat sedina natas pulisi nunggu ing panambangan wedhi Kaliadhem, kanyata Martoyo ora njedhul.

Jam sepuluh bengi pulisi tumuju omahé Lurah Sasra Sudira. Mesthi baé Lurah Sasra Sudira kagèt banget. Ing wayah jam sepuluh bengi, ana pulisi loro teka ing omahé lan nélakaké yèn antuk préntah saka kumandhané supaya 'nyidhuk' Martoyo.

"Punika kadospundi cariyosipun, kok dumadakan anak kula Martoyo kaèmbèt ing perkawis punika? Nalika semanten Martoyo rak ugi sampun dipun-priksa pulisi, sampun dipun-pendhet *sidik-jari*-nipun, ning boten wonten punapa-punapa? Kok dumadakan wonten *surat perintah penangkapan?*" pitakoné Lurah Sasra Sudira sing atiné ora tentrem, marang pulisi loro.

"Nyuwun pangapunten, Pak Lurah. Kula boten saged matur punapa-punapa, kula namung sadermi nindakakén jejibahan supados 'mapag' Mas Martoyo. Menggah rembagipun kadospundi, kula boten gadhah wenang matur bab punika. Menawi bapak ngersakaken priksa perkawisipun, kula aturi pinanggih kaliyan kumandhan kula."

-0-

Kosa tembung:

Ngedhapi = *menikmati/mencicipi;*
ngedhap = *kuwatir/ cemas/ ketakutan;*
nratab = *seketika berdebar;*
nggragap = *mudah terkejut;*
lantip = *cerdas.*

23. ATI KUWUR

Émané, wis jam sepuluh bengi nanging Martoyo durung bali mulih. Pulisi loro kepeksa nunggu. Pak Lurah Sasra Sudira nyoba nilpun Martoyo, nanging ponsel-é ora aktip. Mèh saben setengah jam Lurah Sasra Sudira nilpun anaké lanang, nanging tetep baé ponsel-é ora aktip. Panggrahitané Lurah Sasra Sudira, sajaké Martoyo wis ngerti yèn diburu pulisi, banjur nemaha ngilang tanpa ninggal lacak.

Nalika nganti jam siji ésuk Martoyo tetep durung bali, pulisi loro nuli pamit. Pulisi ninggalaké *surat panggilan* kanggo 'juragan' wedhi kuwi supaya ngadhep, dititipaké Lurah Sasra Sudira. Pulisi uga titip pesen, yèn Martoyo ora pasrah bongkokan marang pulisi, pulisi bakal tumindak ngendharat Martoyo kanthi cara dipeksa.

Lurah Sasra Sudira mung bisa unjal ambegan jero. Sawetara ing jero kamar, bu lurah nangis kamisesegen ditunggoni Maryati anaké wadon.

*

Kumandhangé adan Subuh lagi baé meneng. Angin kang tumiyup nggawa hawa kekes, njalari aras-arasen tangi tumrap wong kang nedheng turu. Nanging mesjid sing ana ing komplèks kampus MPBS Prambanan wis ramé, akèh uwong tata-tata nindakaké sholat Subuh. Amarga wong-wong sing manggon ing asrama uga padha menyang mesjid, kahanan asrama MPBS dadi sepi nyenyet.

Nanging ing lawang butulan asrama MPBS, katon ana glibeting uwong nyenyandhang sarwa ireng, klebu kudhung lan tutupé rai. Kanthi dhedhelikan, mlipir-mlipir mèpèt témbok mlaku rikat tumuju dalan Piyungan-Prambanan. Carané nyenyandhang lan mlaku rikat, ngatonaké pasemon yèn wong kuwi pancèn nglimpèkaké wong-wong sing manggon ing asrama, lan dhedhelikan aja nganti konangan.

Sajak kesusu, wong kuwi mlaku karo ndhingkluk arah mengalor tumuju dalan Yogya-Solo. Saben ana bis liwat mesthi disetop, nanging durung ana sing ngendhegi. Makaping-kaping wong kuwi nyetop bis. Nalika dumadakan ana bis sing ngendhegi, gya wong kuwi nyéngklak lan numpak. Bis iku isih sela, akèh kursi sing kothong. Mung ana penumpang loro, klebu wong nyenyandhang ireng sing lagi baé munggah. Wong kuwi milih lungguh ing kursi paling buri. Luh sing dumlèwèr saka mripaté ora mandheg-mandheg, sanadyan ora katon saka njaba amarga ketutup *cadar*.

Wong kuwi, ora liya ya Daniyah. Ati lan pikirané lagi kuwur, mbayangaké kaya-ngapa wirangé, mengko yèn wetengé sangsaya gedhé amarga ngandhut, kang mangka cetha durung duwé bojo. Ya perkara kuwi sing 'nuntun' lakuné, trima minggat tanpa pamit, malah tujuwané waé ora ngerti. Nganti tekan wektu kuwi, Daniyah durung ngerti arep lunga menyang endi. Kanggo nyingkiri isin, sing penting lunga adoh saka wong-wong sing dikenal ing asrama lan kampus MPBS Prambanan. Kepriyé mengkoné ... embuh, Daniyah dhéwé durung bisa mbayangaké.

"Mandhap pundi, Mbak?" pitakoné kernèt bis, sinambi nyekeli karcis.

Daniyah sing lagi ngalamun, gragapan ditakoni mangkono.

"E e e ... lha bis niki ajeng 'teng pundi ta, Pak?" wangsulané Daniyah.

"Lho? Lha mbak-é niku pripun, ta? Wong numpak bis, kok ora priksa bis-é arep menyang endi."

"Enggih, Pak. Kula saweg bingung niki, Pak."

"Bis niki jurusan Surabaya, Mbak."

"Oh, nggih. Kula mandhap Surabaya mawon, Pak."

"Surabaya-né pundi, Mbak?"

"Kula mandhap terminal mawon, Pak."

Kernèt bis banjur ngulungaké karcis salembar sarta nampa dhuwit ongkos saka Daniyah. Kernèt bali maju lungguh njèjèri supir, déné Daniyah bali dheleg-dheleg lungguh dhéwé. Atiné lagi sedhih kepati-pati, nganti ora bisa mikir kanthi wening. Kernèt bis kuwi kaya ngélingaké Daniyah, dhèwèké arep lunga menyang endi. Yèn wis tekan Surabaya ... banjur kepriyé?

*

Sawetara kuwi, ing asrama MPBS Prambanan, gègèr. Perkarané, Daniyah ilang saka asrama. Kabèh uwong wis nggolèki ngalor ngidul ing saben papan, ora ana sing nemokaké. Pungkasané, kancané sakamar lapor marang Bu Aisyah lan Bu Raras. Nanging Bu Aisyah ora wani mutusi kepriyé-kepriyé, mula Bu Raras kepeksa mruput tindak asrama.

"Iki mau kepriyé critané?" pitakoné Bu Raras marang kanca sakamaré Daniyah.

"Kula wangsul saking mesjid, Daniyah boten wonten. Lajeng wekdalipun sarapan, Daniyah ugi boten ketingal. Dipun-padosi ing pundi-pundi papan ugi boten pinanggih. Lajeng matur Bu Aisyah lan nilpun Ibu."

"Ponsel-é wis dicoba di-*hubungi?*"

"Sampun, Bu, nanging ponselipun boten *aktif.*"

"Nèng kamar, ninggal pesen apa ora?"

"Nyumanggakaken, Bu? Boten wonten tiyang ingkang wantun mbikak barang pribadinipun Daniyah, Bu."

"Oh, ngono," wangsulané Bu Raras, nuli nglédhah barang-barang pribadiné Daniyah. Ing laci méjané, tinemu amplop tinutup rapet, ana tulisan 'Kagem Ibu Raras'. Cetha yèn amplop kuwi kanggo dhèwèké dhéwé, Bu Raras banjur mbukak lan maca surasané layang.

Katur Ibu Raras kinurmatan,

Ibu! Kula boten ngertos, ajeng sambat dhateng sinten. Nyatanipun sampun boten gadhah sanak kadang, laré lola tanpa kantha tanpa kanthi. Gesang namung nyadhong kesaénaning asanès. Mila namung dhumateng Ibu Raras, kula matur. Mugi ibu kersa maos seratan punika.

Dangu-dangu kula lingsem, ngandhut jabang bayi ananging tanpa bapa kados wekdal punika. Raosing manah dados kuwur. Boten wonten margi sanès, kandhutan punika kedah dipun-gogrogaken, sadèrèngipun ketawis menawi kula wawrat. Nanging kula ugi boten mangertos badhé dipun-gogrogaken wonten pundi. Ingkang penting, tebih saking kanca-

kanca satemah boten wonten ingkang mangertos. Lepat kula nyuwun pangapunten.

Kurmat kula,

Daniyah

Bu Raras karo mbrebes mili maca layangé Daniyah sing ora pati cetha. Bu Raras yakin banget yèn Prasaja lan Bu Hargarini mesthi lagi nggolèkaké dalan sing apik tumrap sakabèhé. Ya becik tumrap Daniyah, nanging uga apik kanggoné kluwaraga Prasaja. Mung baé, bokmenawa Daniyah selak ora sranta, mbayangaké kaya ngapa wirangé yèng nganti wetengé katon gedhé nanging durung ana dalan padhang.

Bu Raras unjal ambekan landhung sinambi ngetokaké ponsel saka tas-é.

"Halo ... ana apa, Mbak Raras? Kok ésuk-ésuk banget wis nilpun?" pitakoné Prasaja.

"Daniyah minggat, Dhik," wangsulané Bu Raras cekak aos.

"Apa? Daniyah minggat?" Prasaja mbalèni tembungé Bu Raras. "Mbak Raras saiki isih ana asrama? Ya, sedhéla manèh aku dak-menyang asrama."

Durung nganti sa-tarikan napas Prasaja meneng, Bu Hargarini wis nyaut rembug, "Aku mèlu!"

Mangkono uga, Puspitasari uga metu saka kamaré. Puspitasari ora kandha apa-apa, mung nyedhaki bojoné. Wiwit nalika ngerti yèn sejatiné Prasaja nresnani wanita liya (saora-orané miturut panemuné), Puspitasari akèh kélangan gunem. Sawayah-wayah mung amem, meneng baé, sanadyan ora tau nglirwakaké kewajibané wong wadon marang bojo lan kluwargané.

Prasaja ndeleng ibuné, nyedhaki, nuli nuntun bali lenggah, klawan matur "Ibu ... menawi ibu ugi tindak, punapa boten malah damel sumpeking manah ta, Ibu? Kula kuwatos gerah jantungipun ibu malah kimat. Punapa boten prayogi lenggah wonten dalem kémawon?"

"Anènga ngomah, atiku ya ora bisa tentrem. Aku kudu mèlu, karebèn ngerti kahanan. Aku rumangsa klèru banget, nyingidaké Daniyah nalika semana, mula kudu bisa nebus keluputanku kuwi."

"Inggih kula boten maiben. Menawi ibu ngersakaken priksa kawontenan, mangké ibu saged nilpun kula."

Bu Hargarini katon mangu-mangu, maspadakaké praupan anaké lanang. Prasaja nolèh marang Puspitasari karo kandha, "Dhik, tulung ibu dilelipur ya."

Puspitasari ora wangsulan, uga ora nyandhet utawa menggak Prasaja sing arep lunga. Puspitasari wis ngrumangsani, sanadyan abot sangganing ati, ora bakal bisa nyandhet utawa menggak bojoné kuwi. Apa manèh Prasaja uga sinengkuyung déning ingkang ibu. Ing kahanan mbobot, Puspitasari emoh gawé perkara, congkrah karo bojoné. Puspitasari nuli nggandhèng ibuné marasepuh, bali lenggah manèh.

"Mangga lenggah kémawon, Ibu. Sedaya kita pasrahaken dhumateng Kangmas Prasaja."

"Aku njaluk pangapuramu ya, Ndhuk. Karepku mono, Daniyah dak-singkiraké nalika semana, supaya Prasaja ora tansah semaya dhaup karo sliramu. Nanging kedadéané kok malah ngambra-ambra, ora karuwan. Saiki, kabèh kawigatèn kaya-kaya di-sok-aké marang Daniyah. Déné sliramu dhéwé bokmenawa banjur krasa setengahé dilirwakaké," ngendikané Bu Hargarini marang putra mantuné kuwi.

"Kanggo nebus dosaku, aku péngin ngentasaké Daniyah saka kasangsarané, blaka suta, pancèn aku duwé pamikiran Daniyah dinikah Prasaja. Nanging, senadyan upamané Prasaja ngrabi Daniyah, tetep sliramu sing dak-gadhang bisa nurunaké wiji 'anak anung anindita' trah Wiratmaja. Mula putramu sing isih ana ing kandhutan kuwi kudu diopèni, dirumat, lan digulawenthah kanthi becik," ngendikané Bu Hargarini manèh.

Atiné Puspitasari krasa sar-sir. *"Dadi, pancèn wis ana pamikiran yèn Kangmas Prasaja bakal nikahi Daniyah?"* mangkono uni batiné Puspitasari.

"Nyuwun pangapunten, Ibu. Èstunipun awrat sanget tumrap kula menawi kedah dipun-wayuh. Kula ugi sampun matur dhateng Kangmas Prasaja bab punika. Sanadyan Kangmas Prasaja dèrèng ngendika kanthi cetha menawi badhé nikahi Daniyah, nanging sajakipun Kangmas Prasaja boten kéguh déning atur kula."

-0-

Kosa tembung:

Lacak = *jejak;*
aras-arasen = *malas/merasa lelah;*
anak anung anindita = *anak yang mempunyai kelebihan.*

24. KESANDHUNG MANÈH

"Ya, bésuk dirembug manèh karo kangmasmu. Aku uga duwé pamikiran liya. Yèn Daniyah ora dinikah Prasaja, Daniyah bakal dak-angkat dadi anak-angkat miturut pranatan ukum. Tegesé, kanthi mangkono Daniyah duwé hak waris kaya déné Prasaja lan Pramana, sanadyan bagéyané ora padha. Daniyah banjur dak-golèkaké jodho sing bisa nampa kahananė Daniyah apa ananė, lan warisan kuwi bisa kanggo sangu urip sing murwat karo bojoné."

"Punapa inggih kedah ngantos dumugi semanten ta, Ibu, anggènipun mbélani Daniyah punika?"

Bu Hargarini bola-bali unjal ambekan jero banjur ngendika, "Nyata-nyata Daniyah ndakwa aku sing gawé cilakané. Mula sangganku dadi abot, kaya duwé utang gedhé sing kudu dak-bayar. Ngepèk mantu utawa ngangkat dadi anakku, iku bokmenawa bisa ngowahi panemuné Daniyah."

Puspitasari ora bisa apa-apa manèh, kabèh gumantung marang Bu Hargarini lan Prasaja.

*

Tekan asrama MPBS, sawisé kekandhan kanggo abang-abang lambé karo Bu Raras, Prasaja nuli takon.

"Mbak, yèn kanca-kancané Daniyah sing katon paling rumaket lan kenthel, sapa baè ya, Mbak?"

"Maksudmu kepriyé ta, Dhik?"

"Arep dak-lari menyang omahé kanca-kancané. Bocah kaé rak prasasat ora ngerti ngendi-endi, wong nyatané ya ora tau lunga. Dak-kira, sing arep dijujug ya salah siji saka kancané kenthel kuwi."

"Daniyah kaé kancané akèh. Wong bocahé ki ya pancèn supel lan luwes. Nanging yèn sing katon rumaket, malah kancané sa-kamar nalika SMP. Lailatun, bocah Sumbawa, Zakiyah bocah Sumenep, Madura, lan Siti bocah Girilaya, Imogiri."

"Ana alamaté sing cetha lan genep ta, Mbak?"

"Insya Allah ana ing buku cathetan. Lha wis pirang-pirang taun kepungkur, muga-muga bisa ketemu."

Bu Raras banjur dhawuh marang salah siji pegawé asrama supaya nggolèkaké alamaté Siti, Lailatun, lan Zakiyah. Déné Prasaja nilpun pulisi Kamto.

"Sugeng énjing, Gus! Wonten dhawuh punapa, kok mruput?" kandhané pulisi Kamto.

"Pak Kamto ... taun punika taksih kagungan jatah cuti napa boten, Pak?"

"Taksih, Gus. Taksih wetah, kula dèrèng naté cuti."

"Kula badhé nyuwun tulung ngampingi kula, nglari Daniyah, Pak. Daniyah késah tanpa pamit."

"Daniyah mlajar? Lha menawi madosi Daniyah, kula boten perlu cuti, Gus. Ingkang kula betahaken sanès serat cuti ananging serat *tugas*. Daniyah pinangka seksi kurban, menawi mlajar malah kedah dipun-lari. Benjang punapa badhé tindak, Gus?"

"Sapunika, Pak!"

"Sapunika? Wé lha ... nodhi kasiyagan tenan iki," gunemé pulisi Kamto ing tilpun.

“Kadospundi, Pak Kamto? Menawi siyaga, kula tengga ing bandar udara Adisucipto salebeting tigang dasa menit.”

“Ampun tigang dasa menit, Gus! Sekawan dasa gangsal menit, nggih?”

“Nggih, Pak. Dados!” wangsulané Prasaja nutup rembug.

Prasaja uga nuli nilpun ibu lan bojoné, pamit yèn kudu menyang Surabaya saperlu nglari Daniyah. Puspitasari ora duwé jawaban liya, kejaba ‘iya’. Déné Bu Hargarini malah dhawuh, yèn upama Daniyah wis ketemu digawa bali menyang dalem wiratmajan baé.

“Kok makaten, Ibu? Lha ... rak boten sekéca kaliyan Dhiajeng Puspitasari, Ibu?”

“Lha witikna, yèn ora ngono arep kok-papanaké ana endi? Arep kok-balèkaké menyang asrama? Sésuk ésuk wis bablas manèh. Apa arep kok-titipaké sèl-é pulisi? Aja, aku sing ora mentala! Aja nambah-nambahi sangganku. Aku iki dadi mèlu ribed, nanging ya kepriyé manèh. Daniyah kaé pikirané lagi kuwur, atiné gorèh. Kudu ana sing ngampingi. Mula, sawetara wektu bèn ana kéné baè.”

Atiné Puspitasari sangsaya cilik krungu ngendikané Bu Hargarini, ya ibuné marasepuh. Apa sing dikuwatiraké, yaiku Prasaja sangsaya cedhak, kepara malah nikah karo Daniyah; kaya-kaya wis mèh dadi kasunyatan. Atiné krasa sar-sir, kaya diiris welat deling sing landhep banget.

Prasaja wis ora nanggapi pangandikané Bu Hargarini manèh, nuli pamit Bu Raras, lan dhawuh Pak Tarja supaya ngeteraké menyang bandar udara Adisucipto. Cékat-cèket wong loro tumuju ruwang *check-in* lan gya numpak montor mabur jurusan Surabaya. Ing sasuwéning *penerbangan* Yogya-Surabaya, Prasaja nerangaké marang pulisi Kamto, apa rencanané dina iku.

Ora buwang-buwang wektu, mudhun saka montor mabur Prasaja lan pulisi Kamto gya pesen taksi. Sajak kaya wis bisa maca nalar pamikirané Daniyah, wong loro tumuju terminal bis Bungurasih Surabaya. Sawisé mlebu taksi lan lungguh mapan, pulisi Kamto gya nuduhaké kertu anggota kepulisian marang supir.

"Nuwun sèwu, Pak. Kula pulisi ingkang nembé ngayahi tugas mbujung durjana. Kula nyuwun dipuneteraken dhateng terminal Bungurasih, kanthi cepet nanging tetep ngatos-atos."

"Oh, inggih, Pak," wangsulané supir taksi karo rada gragapan.

*

Bali marang lelakoné Daniyah sing isih ana ing jeron bis jurusan Yogya-Surabaya. Kahanan wis awan, langit katon resik ora ana mega mendhung sing ngalang-alangi sumunaré srengéngé. Malah kepara, panasé srengéngé sangsaya sumelèt, krasa gatel yèn ngenani kulité manungsa. Udakara jam sewelas awan, bis wis tekan terminal Bungurasih utawa Purabaya. Sanadyan bis wis mandheg, nanging Daniyah isih bingung, banjur arep menyang endi. Sakiwa-tengené akèh bis sing wira-wiri. Ana sing lagi mlebu terminal, uga akèh sing budhal tumuju kutha tujuwané dhéwé-dhéwé. Alon, Daniyah mudhun saka bis. Daniyah nolèh ngiwa-nengen, golèk papan lungggguh sing sela. Kanthi nemaha milih papan sela, kanggo nentremaké pikir.

"Alkhamdulillah, wis tekan kutha Surabaya," gumremengé Daniyah.

Daniyah nuli lungguh, nyebulaké napas dawa nganti kaping telu, banjur mbukak tas ngetokaké cathetan alamat. Ana kancané loro sing omahé arah Surabaya. Yaiku Zakiyah, mapan ing Jalan Arya Wiraraja, cedhak terminal bis Sumenep. Kandhané Zakiyah nalika semana, yèn saka Surabaya isih kudu numpak bis kira-kira patang jam. Kuwi yèn Zakiyah pas ana ngomah. Lha yèn ora? Rak Daniyah bisa dikira wong sing golèk-golèk arep apus-apus. Kabar pungkasan sing keprungu, sawisé lulus SLTA, Zakiyah nerusaké kuliyah ing UMM, Universitas Muhammadiyah Malang.

Déné kanca raket kang nomer loro yaiku Lailatun, alamat omahé ana ing Dhusun Ree, Kecamatan Utan Ree, Kabupaten Sumbawa. Yèn numpak bis saka Kutha Surabaya bisa nganti 18 jam. Sing gawé atiné Daniyah gigrig lan miyur, yèn menyang omahé Lailatun kudu numpak kapal laut kaping telu. Sirahé Daniyah dadi mumet. Tumrap bocah sing prasasat ora tau metu saka asrama MPBS, ora bisa nggambaraké kaya ngapa suwé lan ribedé yèn arep menyang omahé Lailatun. Atiné sangsaya cilik, kuwanènané saya ciyut.

Lumrahing nalar, Daniyah bakal rumangsa begja yèn upamané dumadakan Zakiyah katon njedhul saka kadohan. Nanging ora ngono. Sing gawang-gawang ing angen-angené Daniyah, malah Prasaja. Ya ... Dèn Mas Prasaja. Pancèn Prasaja sing sasuwéné iki ngragadi lan nyukupi kabèh kebutuhané urip Daniyah. Mula ora mokal yèn jeneng 'Prasaja' tansah kumanthil-kanthil ing ati lan pikirané.

Daniyah unjal ambekan dawa, nuli nolèh ngiwa lan nengen ndeleng kahanan. Ora krasa, luhé dumlèwèr. Wong akèhé samono, sliwar-sliwer ngalor ngidul ngétan ngulon, nanging ora ana siji baé sing dikenal. Rasa sepi kang kepati-pati, njiret atiné Daniyah ing keraméan terminal bis Bungurasih.

Daniyah lagi éling marang kanyatan, nalika dumadakan ana glathi lancip landhep mingis-mingis tumèmpèl rapet ing bangkèkan sisih tengen. Glathi iku dicekeli uwong sing nyandhang rok terusan dawa klangsrah lemah werna ireng, kudhung amba nutup nganti bau, lan tutup rai uga werna ireng. Tangané tengen nyekel glathi, tinutup tangan kiwa. Yèn dideleng satléraman kaya wong sidhakep, lungguh mèpèt ing sisih tengené Daniyah. Anèhé, yèn nitik swarané, iku dudu wong wadon.

"Yèn péngin slamet, aja mbengok! Yèn kowé mbengok, glathi iki bakal nembus wetengmu," kandhané durjana kuwi lirih, karo ndhesegaké glathi sing ana ing tangané. "Serahna dompetmu, alon-alon bèn ora ketara."

Entèk atiné Daniyah, sanalika saranduning awak ngoplok, ndrodhog, ngèwèl amarga saking kagèt lan wediné. Babar pisan ora nyana bakal nemoni lelakon kaya ngono. Wetengé ditodhong glathi déning durjana. Karo pringisan ngampet lara, Daniyah nolèh ngiwa nengen ndeleng kahanan. Karepé mono arep golèk pitulungan, nanging kaya ora ana wong sing perduli, kabèh katon ribed dhéwé-dhéwé. Si durjana sangsaya ndhesegaké glathi.

Kanggo keslametané, ora ana dalan liya, Daniyah kepeksa arep mènèhaké dompèté. Daniyah mbukak tas lan njupuk dompèt sing ana ing jeroné. Kanthi alon dompèt diulungaké marang durjana kuwi. Nanging, dumadakan panduluné nyipati praèn sing wis banget dikenali sasuwéné iki. Wong kuwi mlaku bareng karo wong siji manèh sing nyandhang préman, pawakané cilik kenceng.

Lali yèn lagi ana ing sajeroning bebaya, Daniyah sanalika njingkat lan mlayu banter sarta mbengok bantas, ora perduli marang bebaya sing ngancam.

"Dèn Mas!"

Daniyah mlayu banter marani ketébangé wong loro sing lagi teka saka kadohan. Tanpa ngucap tembung sanadyan sakecap, Daniyah gya ngruket kenceng wong kuwi, lan nangis sesenggukan ing dhadhané. Wong sing lagi teka kuwi, sing ora liya ya Prasaja dikancani pulisi Kamto, katon bingung, génèya dumadakan ana wong wadon mlayu marani lan ngruket awaké, karo tawan-tawan tangis. Prasaja sing durung ngerti yèn sing ngruket iku Daniyah, nolèh marang pulisi Kamto, kaya-kaya njaluk diseksèni yèn dhèwèké ora tumindak apa-apa marang wong wadon kuwi.

"Kula Daniyah, Dèn Mas!" kandhané Daniyah karo isih nangis sesenggukan ing dhadhané Prasaja.

-0-

Kosa tembung:

Dak-lari = *saya cari/kejar;*
nglari = *mencari/mengejar;*
nodhi = *menguji;*
kasiyagan = *kesiapan;*
deling = *bambu;*
mbujung = *mengejar;*
nemaha = *sengaja;*
nyipati = *melihat.*

25. GOLÈK UCENG OLÈH DELEG

Nalika ngerti yèn sing ngruket iku Daniyah, genti tangané Prasaja sing males ngruket, lan ngejar-aké sauntara wektu Daniyah nangis ing dhadhané. Malah kaya ora *sadhar*, Prasaja ngambung sirahé Daniyah sing tinutup kudhung.

Tutug anggoné nangis, lan bokmenawa sanggan seseging dhadha wis rada mendha, Daniyah nguwali ruketané. Daniyah lagi éling yèn sing diruket iku Prasaja. Wong sing 'ngukup' uripé, sing pantes disuyudi lan dibektèni. Daniyah uga gya éling yèn yektiné Prasaja iku wis duwé bojo, ora legan manèh.

Pulisi Kamto mung meneng baé kamitenggengen, nyumurupi dumadakan ana kenya nyenyandhang brukut sarwa ireng mlayu banter ngruket Prasaja.

"Punika Daniyah, Pak Kamto," kandhané Prasaja.

Pulisi Kamto babar pisan ora mbayangaké yèn sing ngruket Prasaja kuwi jebul Daniyah, yaiku uwong sing arep digolèki. Lha kok kaya-kaya malah teka dhéwé.

Kelingan lelakon sadurungé, Daniyah nuli nolèh menyang papan lungguhé mau. Nanging, durjana lanang sing nyenyandang wanita mau wis ora ana ing papané.

"Nyuwun pangapunten, Dèn Mas. Kabekta kawontenan ing bebaya, lajeng kesupèn menawi panjenengan punika pepundhèn kula, kula tumunten kémawon ngruket nandalem."

"Ora apa-apa. Nanging apa maksudmu sliramu kandha yèn ana ing sajroning bebaya?"

"Punapa Dèn ...," kandhané Daniyah, nanging dipedhot Prasaja.

"Aku undangen Bapak!"

"Punapa bapak kala wau mriksani wontenipun tiyang ingkang lenggah njèjèri kula?"

"Iya aku weruh."

"Punika wau èstunipun durjana, Bapak. Satunggaling priya ingkang mémba, kanthi nyenyandhang wanita. Tanganipun nodhongaken glathi ing weteng kula. Piyambakipun meksa kula supados masrahaken dompèt. Kula sampun badhé masrahaken dompèt. Nanging nalika ningali panjenengan saking katebihan, kula kados kesupèn menawi wonten ing salebeting bebaya, sanalika mlajar lan ngruket nandalem. Sepisan malih nyuwun pangapunten."

"Yèn ngono prayogya ngaturake pamuji sokur marang Gusti Allah SWT, kang wis paring pengayoman."

"Inggih, Bapak. Alkhamdulillahi rabbal 'alamin."

"Ya wis. Ayo! Saiki bali menyang Ngayogya."

"Nanging kula boten badhé wangsul dhateng Ngayogya, Bapak. Kula lingsem, atasé laré èstri dèrèng nikah kok ngandhut."

"Banjur sliramu arep menyang endi?"

"Kula badhé dhateng griyanipun Zakiyah ing Sumenep."

"Apa yèn nèng Sumenep ora isin?"

"Nanging tiyang-tiyang Sumenep boten kenal, kula punika sinten. Kalih malih, kanthi sesidheman kula badhé pados cara nggogrogaken kandhutan punika, Bapak."

Prasaja meneng sauntara, mikir, kudu kepriyé ngadhepi Daniyah. Bocah wadon, lola ora duwé sapa-sapa, atiné lagi remuk rempu amarga ngandhut diruda-peksa wong durjana.

"Sepisan, sliramu pinangka seksi kurban ora kena ninggalaké Ngayogya tanpa palilahé pulisi. Iki kanggo keperluan nyidik perkaramu. Yèn sliramu lunga, mesthi digolèki déning pulisi. Kang kapindho, nggogrogaké lésan utawa janin kuwi dosa, padha karo matèni manungsa," kandhané Prasaja sing kanthi nemaha medèn-medèni Daniyah, karebèn ora 'minggat' manèh.

Daniyah ora wangsulan, banjur keprungu tangisé manèh sesenggukan. Prasaja ngenengaké Daniyah nangis.

"Gus, prayogi kita pados warung ingkang radi sepen rumiyin. Supados Daniyah saged nentremaken pikir sarta dhahar ngunjuk sacekapipun."

"Oh ... inggih leres, Pak Kamto. Mangga."

Wong telu banjur mlaku tumuju warung sing sepi. Ora golèk warung sing panganané énak, nanging golèk warung sing sepi. Karebèn Daniyah ora pakéwuh yèn arep nangis nyuntakaké sanggan ati lan pikiran sing pancèn abot.

"Bésuk ... ing Ngayogya ... sliramu ora bali menyang asrama MPBS. Kuliyahmu uga *cuti* dhisik. Ibu wis dhawuh, sawetara wektu sliramu manggon ing dalem wiratmajan," kandhané Prasaja nalika wis rampung milih menu panganan sing arep dipesen.

Daniyah njenggèlèk, nggatèkaké praupané Prasaja. Daniyah sajak kaya ora percaya marang apa kandhané Prasaja. Sinambi mangan awan, pikirané Daniyah nglantur ngalor ngidul. Manggon ing dalem wiratmajan, yaiku dalemé kluwarga Prasaja. Yektiné, biyèn nalika Prasaja durung rabi, sanadyan adoh ana ing ati kang jero Daniyah duwé pengarep arep dirabi Prasaja. Pengarep-arep kuwi pupus nalika Prasaja nikah karo Puspitasari. Apa manèh kahanan saiki wis béda adoh. Kejaba Prasaja wis nikah, Daniyah dhéwé wis dudu prawan sing suci murni, saiki rumangsa wis ora pantes dadi sisihané Prasaja.

Kanthi anané dhawuh supaya Daniyah manggon ing dalem wiratmajan, apa pengarep-arep kuwi bakal tuwuh manèh? Ora! Daniyah ora wani ngimpi ing wayah awan, sing prasasat kaya cébol nedya nggayuh lintang. Daniyah kudu wani ngadhepi kanyatan kuwi. Nanging yèn kudu mapan ing dalem wiratmajan, banjur *statusé* kepriyé? Wis ... embuh. Sing penting bisa sumingkir saka kanca-kancané sing dikenal, kanggo nutup wirang, saora-orané nganti nglairaké jabang bayi. Embuh bésuk nasibé kepriyé, mangkono uga nasib jabang bayi sing saiki ana ing kandhutané. Kabèh dipasrahaké marang kluwarga Wiratmaja, yaiku Bu Hargarini lan Prasaja.

Lagi énak-énaké wong telu mangan awan, dumadakan pulisi Kamto njingkat ngadeg, nuli mlaku rikat kaya patrapé wong nututi arep ngoyak, ninggalaké pitakonan ing atiné Prasaja.

"Sekedhap, Gus. Mripat kula kados kok nangkep klébatipun 'bajingan' nika."

Bareng wis rada adoh saka Prasaja, pulisi Kamto gya njupuk ponsèl sing ana ing kanthong klambiné, banjur nilpun, "Sugeng siyang kumandhan! Badhé nyuwun tulung dipun-kintun *soft copy Surat Perintah Penangkapan* Martoyo, Kumandhan."

"Pak Kamto saiki ana endi iki?"

"Surabaya, Pak."

"Oké, tunggu sedhéla."

Ora perlu takon, kumandhan pulisi wis nangkep sasmita, yèn sajaké pulisi Kamto mrangguli Martoyo, utawa uwong sing rupané kaya Martoyo. Kanggo jaga-jaga, ora ana alané siyaga *surat perintah*, sapa ngerti wong mau pancèn Martoyo. Lan *surat perintah penangkapan* kuwi dibutuhaké nalika arep nangkep Martoyo.

Kanthi alon lan mlipir-mlipir ing sela-selaning wit-witan sing ora akèh ana ing jeron terminal, Pulisi Kamto ngetutaké lakuné wong sing dicubriyani mau. Wong sing dicubriyani sajaké ya durung rumangsa yèn wis dikinthil. Mlaku sekepénaké kaya ora ana sing diwedèni.

Sawetara kuwi, atiné Prasaja dadi gorèh, généya pulisi Kamto kok ora énggal bali. Sega ing piringé sing sasat isi wutuh mung ditinggal prung. Prasaja mikir, Pulisi Kamto mau nyebut 'bajingan nika'. Apa iki ana gandhèng cènèngé karo perkarané Daniyah? Yèn iya, ateges sing disebut 'bajingan' iku kira-kira Martoyo?

"Daniyah," kandhané Prasaja sawisé rampung mangan awan. "Yèn sliramu dak-tinggal sedhéla nanging aja lunga saka kéné. Apa sliramu saguh lan bisa dak-percaya?"

"Lha bapak badhé tindak pundi?"

"Aku arep nututi Pak Kamto mau."

"Pak Kamto niku sinten, Bapak?"

"Ya Pak Kamto kaé pulisi kajineman/*reserse* sing kejibah nglari lungamu. Kaya sing dak-kandhakaké mau, sliramu pinangka seksi kurban ora bisa lunga sakepénaké dhéwé tanpa idi palilahé pulisi. Mula banjur nggolèki Daniyah ngajak aku. Kepriyé?"

"Nanging kula ajrih, durjana wau madosi kula malih, Bapak."

"Yèn ana warung kéné, ya ora bakal. Kok prasasat kutuk marani sunduk. Lha lungguhnu mau rak pancèn ana ing papan kang sepi, satemah kaya ngundang durjana. Kepriyé? Dak tinggal sedhéla, ya? Aja pisan-pisan lunga, mundhak njalari gawé répoté wong akèh."

"Inggih, Bapak."

Prasaja nuli ngadeg lan ninggalaké Daniyah ing warung kuwi. Mudhun saka undhak-undhakan, Prasaja nemoni jagabaya terminal lan titip supaya ngawasi Daniyah saka kadohan, aja nganti lunga. Ora lali, Prasaja ngulungi dhuwit marang jagabaya kuwi.

Kanthi rikat, Prasaja mlaku tumuju arah sing mau diliwati pulisi Kamto. Lagi baé ngliwati bis telu sing parkir, Prasaja weruh pulisi Kamto ana ing pos pulisi terminal. Prasaja nerusaké laku tumuju pos pulisi terminal.

"Kadospundi, Pak Kamto?"

"Boten sisip, Gus. Leres punika Martoyo putranipun Lurah Sasra Sudira. Sampun kasil kula kendharat lan sapunika kula titipaken wonten sèl pos pulisi terminal."

"Ooh, makaten. Hé hé hé ... kok malah dhawah kleresan, nggih. Karepé golèk uceng, nanging malah olèh uceng lan deleg."

"Nanging rancanganipun lajeng dados éwah, Gus."

"Kersanipun Pak Kamto, kadospundi?"

"Mirid saking *standar operasi lan prosedur*-ipun, menawi mbekta pesakitan kula boten pikantuk ngredhé-rendhé wekdal, kedah énggal bidhal wangsul dhateng Ngayogya. Kula sampun sesambetan kaliyan pulisi Surabaya, nyuwun pambiyantu *mobil tahanan* sa-supiripun supados ngeteraken kula wangsul dhateng Ngayogya. Bab punika ugi kanggé njagi ampun ngantos pesakitan nandhang lingsem nalika numpak *kendaraan umum*. Pramila nyuwun pangapunten, Gus Pras. Kita kedah pepisahan, kula ngrumiyini wangsul dhateng Ngayogya, ngginakaken kendaraan dinas kepulisian Surabaya. Déné panjenengan kados rancangan sekawit. Kejawi menawi Gus Prasaja ngersakaken sanès," kandhané pulisi Kamto, nerangaké kahanan marang Prasaja.

"Oh, makaten. Inggih, boten dados perkawis. Punapa malih nyatanipun, Daniyah ugi sampun kepanggih."

Wong loro banjur salaman. Ora lali, sinambi salaman Prasaja ngulungaké amplop marang Pulisi Kamto. Prasaja ngrumangsani yen sekawit sing duwé niyat nglari Daniyah pancèn Prasaja, mula kudu nyembadani kabèh wragad.

-0-

Kosa tembung:

Suyud = *hormat;*
brukut = *rapat;*
lésan = *janin.*

26. NGRERUJIT ATI

Prasaja nuli bali menyang warung, papané Daniyah nunggu. Ing ngarep warung Prasaja isih kober ngaturaké panuwun marang jagabaya terminal sing dititipi ngawasi Daniyah. Prasaja nuli lungguh in papané lungguh mau, lan nyruput wedang jeruk, sing saiki mung kari anget, wis ora panas manèh.

"Lha, Pak Kamto pundi, Bapak?" pitakoné Daniyah.

"Ana keperluan dadakan sing kudu énggal dirampungaké, Pak Kamto kudu bali menyang Ngayogya luwih dhisik. "

Prasaja banjur nilpun *travel agent*, saperlu pesen karcis montor mabur tumuju Ngayogya, kanggo dina iku. Émané kabèh *penerbangan* wis kebak, kejaba *penerbangan* sing pungkasan, kira-kira jam wolu bengi. Ora lali Prasaja uga nilpun Pak Tarja, supiré, supaya methuk ing bandar udara Adisucipta kira-kira jam sanga bengi.

Prasaja uga nilpun ingkang ibu lan bojoné, ngabaraké kedadéan-kedadéan dina iku. Wiwit ésuk mau budhal saka Ngayogya tumuju Surabaya, ketemu Daniyah lan Martoyo, nganti tekan saiki lan mengko bali numpak montor mabur *penerbangan* sing pungkasan.

Krungu tilpuné Prasaja marang Bu Hargarini, ana pitakonan ing atiné Daniyah, kenang-apa Prasaja kok nyebut-nyebut jeneng Martoyo. Nganti tekan wektu kuwi, Daniyah pancèn babar pisan durung ngerti, malah bokmenawa ya ora nglegéwa, yèn Martoyo kanyata kaèmbèt ing perkarané.

Isih ana wektu, sadurungé kudu budhal menyang Bandar Udara Juanda Surabaya. Kanggo ngisi wektu, Prasaja ngajak Daniyah mlaku-mlaku dhisik. Metu saka plataran terminal Bungurasih, Prasaja banjur ngendheg *taksi*.

"Pesisir Kènjèran nggih, Pak," kandhané Prasaja marang supir taksi.

"Inggih, Pak," wangsulané supir taksi.

Pesisir Kènjèran sawijining papan plesiran sing wis misuwur. Mapan ana ing pesisir kutha Surabaya sisih lor wétan, mung kira-kira 9 kilomèter saka terminal Bungurasih. Kejaba anané pesisir sing éndah, ing kono akèh manéka warna *wahana* dolanan. Ing sisih lor, saka kadohan katon kreteg Suramadu sing uga banget éndahé, njenggereng gagah prakosa, pinangka sesawangan sing ngédap-édapi.

"Punika pundi, Dèn Mas?" pitakoné Daniyah. Mesthi baé Daniyah durung ngerti ana ngendi, wong sasuwéné urip ya lagi pisan iki metu adoh saka asrama. Iki baé metu merga kepeksa.

"Bola bali aku kandha matura 'bapak' aja 'dèn mas', kok ora nggugu," wangsulané Prasaja.

"Èstunipun kirang sekéca tumrap kula menawi ngaturi 'bapak', kok kraos sekéca menawi ngaturi 'dèn mas'."

"Ééé ya wis, sakarepmu," kandhané Prasaja pungkasané, karo ngguyu.

Wong loro banjur mlaku-mlaku bebarengan mecaki sadawaning wedhi pesisir ing Kènjèran.

“Iki kinaran pesisir Kènjèran. Sawijining papan wisata sing wis kondhang kaloka ing kutha Surabaya. Lan kreteg sing katon saka kéné kaé kreteg Suramadu. Yaiku kreteg sing nyambungaké antarané pulo Jawa lan Pulo Madura. Yèn sliramu arep menyang Sumenep mesthi ngliwati kreteg kaé.”

“Oh, makaten.”

Wong loro meneng, nguja pikirané dhéwé-dhéwé nglambrang saparan-paran, sinambi mlaku-mlaku. Prasaja sing dumadakan kèlingan Martoyo, banjur takon.

“Aku kèlingan, sliramu biyèn wis naté crita yèn tau dilamar Martoyo. Sing aku lali, apa alasané génèya nalika semana sliramu ora nampa lamarané, Daniyah?”

“Dèn Mas punika kok nambuhi, ta?”

“Maksudmu?”

“Nalika semanten kula nyuwun idi palilah Dèn Mas Prasaja, kula badhé nyambut damel, ananging panjenengan menggak kekajengan kula, malah dhawuh supados nglajengaken kuliyah. Lha, punapa inggih, nyambut damel kémawon boten dipun-parengaken, kadhawuhan kuliyah, malah nampi lamaran tiyang jaler? Lan malih, kula boten remen dhateng Mas Martoyo. Tiyangipun kasar, kumalungkung, lan remen dir-diran ngediraken dumèh anak lurah, satemah kirang ndadosaken raos *simpatik*.”

“Oh, dadi kuwi alasané, ta? Apa dudu perkara liya?”

Daniyah banjur ndhingkluk, namataké pawedhèn pesisir sing kepidak. Mripaté krasa anget kembeng luh. Malah banjur keprungu tangisé mingseg-mingseg.

“Aku njaluk ngapura, yèn pitakonku gawé larané atimu,” celathuné Prasaja.

"Pangandikan panjenengan punika, malah namung ngrerujit manah, Dèn Mas," kandhané Daniyah sinambi ngusap luhé nganggo tisu.

"Kok bisa mangkono? Nalaré kepriyé, Daniyah?"

"Èstunipun, wonten priya ingkang tansah kumanthil-kanthil ing manah badhé kula suwitani. Ananging émanipun, priya punika papanipun wonten ing rembulan, ingkang tebih lan inggil. Satemah mokal lan tangèh lamun kula saged nggayuh, Dèn Mas."

Prasaja meneng, mikiraké kandhané Daniyah. "Lha, apa kira-kira priya idhamanmu kuwi ora bakal napakaké sikilé ing bumi manèh, Daniyah?"

"Boten, Dèn Mas, temtu boten! Priya punika sampun winengku widodari kayangan ingkang sulistya ing warni, kebak raos asih dhumateng kakung. Punapa malih ... kawontenan kula sapunika sampun boten suci murni malih. Kawastanan randha nyatanipun durung naté rabi, dipun-wastani prawan nyatanipun sampun naté anak-anak."

Prasaja meneng, ora énggal wangsulan. Saupama ora bakal dianggep kegedhèn rumangsa, dhèwèké péngin nanjihaké, aja-aja sing dikarepaké Daniyah iku ya Prasaja dhéwé. Yèn upama ngono, apa ora jeneng 'tumbu olèh tutup'? Wong jan-jané Prasaja ya ana rasa tresna marang Daniyah. Mung baé kluwarga Prasaja wis kadhung kaiket janji karo kluwarga Jaya Sentika, nedya bésanan.

Pungkasané Prasaja ora bisa ngampet pepènginané, sapa sejatiné priya sing dadi idhamané Daniyah, kenya ayu saka désa kuwi. Mesthi baé Prasaja ora bakal gampang nguculaké Daniyah marang priya liya, mung baé péngin ngerti sapa wong lanang kuwi.

"Daniyah ... apa priya idhamanmu kuwi saiki ana ing kiwa tengen kéné?" pitakoné Prasaja wis ngener marang dhèwèké dhéwé.

Daniyah nolèh mandeng Prasaja, nanging ora wangsulan. Katon ana rasa mangu-mangu ing atiné. Yèn arep wangsulan 'inggih' kok lé lancang temen, nanging yèn wangsulan 'boten' kok nyélaki atiné dhéwé. Daniyah bali tumungkul, malah banjur lungguh ing lambéning prau kayu sing durung mudhun menyang segara.

Nganti suwé Daniyah ora wangsulan. Nanging Prasaja bisa nangkep pasemon menawa sing dikarepaké Daniyah pancèn dhèwèké. Prasaja banjur nyedhaki Daniyah, tangané loro ngangkat tangané Daniyah kiwa tengen. Nalika Prasaja arep ngambung gegering èpèk-èpèk, sanadyan ora suwala nanging Daniyah kandha.

"Dèn Mas ...?" swarané Daniyah kaya ngélingaké Prasaja yèn wong loro kuwi dudu sapa-sapané.

"Ora ana sing ngerti," Prasaja kandha lirih.

"Nanging Gusti Allah priksa."

Sanalika Prasaja nguculaké tangané Daniyah alon-alon. Prasaja banjur lungguh ing sisih tengené Daniyah. Panduluné nrawang adoh marang méga ing akasa. Prasaja nuli unjal ambekan landhung, karo kandha, "Aku njaluk pangapura."

Daniyah ora wangsulan. Wong loro bali meneng, sauntara suwéné.

"Daniyah ... yektiné aku ya tresna banget marang sliramu. Iku sebabé, nalika semana aku ngrendhé-rendhé dhaupku karo Puspitasari. Aku tansah semaya lan njaluk inah marang ibu, kanthi pengarep-arep ana kedadéan sing murungaké dhaupku karo Puspitasari. Nanging wis dadi pepesthèné Gusti Allah, aku kudu dhaup karo Puspitasari."

Daniyah mung meneng baé. Prasaja lerem sedhéla banjur kandha manèh, "Aku ora wedi yèn kudu nempuh bebaya supaya bisa midak bumi lan nyedhaki sliramu. Nanging sing dak-wedèni, aku emoh nglarani atiné wong wadon loro sing saiki ana ngomah. Siji wanita kang banget dak-pundhi-pundhi, yaiku ibu, sing adreng kersanaé aku kudu dhaup karo Puspitasari, amarga wis kaiket janji. Lan wanita siji liyané, yaiku Puspitasari sing saiki wis genah dadi bojoku, sarta banget nresnani aku. Luwih kepénak dhaup karo wanita sing nresnani sanadyan awaké dhéwé ora tresna, tinimbang dhaup karo kenya sing ora nresnani sanadyan awaké dhéwé tresna banget."

"Nanging kula ugi tresna, Dèn Mas. Langkung prayogi malih, dhaup kaliyan kenya ingkang nresnani lan dipun-trenani."

Prasaja mandeng Daniyah, nanging sing dideleng meneng baé. Prasaja kandha manèh, "Yekti, yèn Puspitasari lila legawa dak-wayuh, aku ora bakal mangu-mangu nikahi sliramu, Daniyah. Nanging aku ya ngerti, kagawa kahananmu sing wis ngandhut, saiki iki sliramu butuh rembug sing gumathok, ora mung 'yèn ngéné yèn ngéné'."

"Inggih, Dèn Mas. Èstunipun kula ugi badhé masrahakaen jiwa lan raga sawetahipun punika namung kagem panjenengan, ingkang prasasat sampun paring gesang dhateng kula. Nanging kula ugi mangertos kawontenan, sarta ngrumaosi jejer kula. Pramila kados atur kula wau, pangandikan panjenengan punika namung sangsaya ngrerujit manah, Dèn Mas," wangsulané Daniyah keprungu nrenyuhaké.

"Heh ...," Prasaja bola bali unjal ambekan dawa, kanggo nyuda sangganing dhadha.

“Ya wis, ayo saiki tumuju bandar udara Juanda. Aja nganti telat, mundhak ditinggal montor mabur. *Penerbangané* awaké dhéwé iki *penerbangan* pungkasan ing dina iki. Yèn nganti telat, dadi répot ndadak golèk panginepan.”

Wong loro nuli metu saka Kènjèran. Jam wolu seprapat bengi palwa udara wis mabur. Ing sasuwéné *penerbangan,* wong loro mung meneng-menengan. Bokmenawa kabèh lagi ngéntha-éntha, nggambarake apa sing bakal dumadi ing dina-dina candhaké. Nanging Prasaja ora bisa menggak dhiri pribadiné, diwanèk-wanèkaké nyekel tanganè Daniyah sing lungguh ing sisih kiwané. Daniyah nolèh ndeleng Prasaja, nanging ora nyoba nguwali tangané sing diremet Prasaja. Mripat papat pandeng-pinandeng, luh sing dlèwèran ora bisa diampet manèh. Tresna kang ngumbara tanpa jangka. Nrenyuhaké banget.

-0-

Kosa tembung:

Njenggereng = *berdiri tegak;*
mecaki = *menapaki;*
ngrerujit = *menyakiti/menyobek;*
winengku = *dimiliki;*
palwa udara = *pesawat terbang.*

27. ÉWUH AYA 1

Nalika Prasaja lan Daniyah teka, Puspitasari énggal methukaké bojoné. Sawisé nyalami Daniyah sanadyan mung kanggo netepi tata-krama, Puspitasari gya nggandhèng tangané Prasaja digawa menyang kamaré. Kanthi setiti lan gemati Puspitasari ngladèni bojoné sing lagi baé bali saka lelungan adoh.

Ora kaya wektu-wektu sadurungé, Puspitasari wis ora nlesih-nlesih apa baé mau sing ditindakaké Prasaja karo Daniyah. Kepriyé mau nalika mangan bareng, nalika mlaku bareng, nalika cecaturan, ing montor mabur ngapa baé, lan sapanunggalané. Sing uwis-uwis, nlesih-nlesih ngono kuwi ora wurung mung njalari panasing ati lan padudon, babar pisan ora bisa ngudhari ruweding perkara. Bola-bali Prasaja uga wis kandha yèn ora bakal kiyanat. Yèn pancèn arep nikah manèh, Prasaja bakal blaka suta marang Puspitasari.

Daniyah pinangka wong anyar ing kluwarga Wiratmaja, ya ora nganti rumangsa dirèmèhaké. Bu Hargarini gya nimbali Mbah Surip, salah sijining réwang, lan dhawuh supaya nuduhaké kamaré Daniyah sarta 'ngladèni' kabèh kebutuhané Daniyah. Sanadyan dikaya-ngapa, mesthi baé Daniyah krasa kidhung utawa kikuk lan pakéwuh. Daniyah dipapanaké ing gandhok kiwa kamar sisih tengen. Déné kamar kiwa isih kothong.

Dina candhaké, rampung dhahar bengi bebarengan, kabèh panganan wis dilorod, Bu Hargarini ngersakaké pangandikan karo Daniyah.

"Daniyah! Dak kira wis ilang keselmu sawisé lèrèn sewengi. Mula wektu iki, aku arep kekandhan karo sliramu karebèn diseksèni Prasaja lan Puspitasari."

Daniyah ora wangsulan, mung mripaté nggatèkaké pasuryané Bu Hargarini.

"Aku ngerti, kaya-ngapa kuwur lan bingunging atimu, nandhang pirang-pirang kasangsaran sing prasasat gilir-gumanti. Nanging, kaya sing bola-bali dak-kandhakaké, aku lan Prasaja ora bakal meneng baé. Bakal mbudidaya ngènthèng-ènthèngi sanggan lair lan batinmu kuwi. Mesthi baé ora bisa cak-cek kaya sing kok-karepaké, amarga perkarané pancèn rumit lan uga ngèmbèt pihak kepulisian. Sinambi nunggu owah gingsiring kahanan, ana pirang-pirang perkara sing kudu dak-wahyakaké marang sliramu."

"Kang sepisan, yèn sliramu isin mapan ing asrama MPBS, sawetara wektu mapan ana kéné. Mengko yèn anakmu wis lair, sliramu bisa nerusaké kuliah," ngendikané Bu Hargarini, meneng sedhéla kanggo njupuk napas.

"Inggih, Radèn Ayu."

"Kang kaloro, kaya wong liyané ing dalem wiratmajan, sliramu uga dak-wènèhi gawéan, yaiku dak-pasrahi jejibahan mandhégani kabèh réwang, juru taman, lan supir, kanggo njaga lan mesthèkaké lumakuning balé somah kluwarga Wiratmaja kanthi becik. Klebu mbayari kabèh pegawé saben sasi. Kuduné sliramu isih nyekel ATM-ku. Yèn ana perkara sing sliramu ora bisa mrantasi gawé, kandha-a marang Puspitasari utawa aku. Ing sajeroning rong minggu, aku dhéwé sing bakal ngampingi sliramu nindakaké jejibahanmu kuwi. Mengko yèn wis bisa lan kulina, lagi dak-uculaké."

"Inggih, Radèn Ayu."

"Lan sing kaping telu. Aku ngerti yèn sliramu cubriya, aku sing wis gawé cintrakamu. Cethané, aku wis kok-anggep duwé kaluputan gedhé marang sliramu. Nanging ndadèkna kawruhmu, ya Daniyah, yèn aku ora duwé watak gawé cilakaning liyan. Malah yèn bisa, péngimé tetulung marang liyan. Mula ... bokmenawa bisa kanggo nebus luputku kuwi, sliramu bakal dak-angkat dadi anakku miturut pranatan ukum kang lumaku. Kanthi mangkono, sliramu duwé hak padha karo putra-putra Wiratmaja liyané. Yèn wis ngono, nembé dak-golèkaké jodho wong sing gelem nampa sliramu apa ananė. Lan uga dak-sangoni pawitan saka kluwarga Wiratmaja supaya bisa kanggo sangu mecaki laku uripmu sabanjuré."

Daniyah nglirik Prasaja. Dilalah Prasaja uga kapinujon nglirik Daniyah. Nanging Prasaja gya tumungkul, praupané katon pucet. Atiné Daniyah isih tetep gorèh. Pancèn, kanthi nyawiji karo kluwarga Wiratmaja, bokmenawa drajad, pangkat, lan sematé Daniyah bakal bisa kaangkat. Bokmenawa wong-wong ora bakal sewiyah-wiyah marang dhèwèké. Ananging mangkonoa, cetha yèn bakal kélangan tresnané Prasaja. Uga isih tetep kudu nandhang wirang, ing atasé wong ora duwé bojo kok duwé anak. Nanging ora ana pilihan sing luwih apik, kabèh kudu dilakoni kanthi sabar. Isih begja, kanthi ndhèrèk kluwarga Wiratmaja, Daniyah ora bakal kijènan urip ing bebrayan agung.

Puspitasari Kosok baliné, krungu ngendikané Bu Hargarini atiné dadi rada lega. Wis cetha kemantepané Bu

Hargarini, ora dhawuh Prasaja supaya ngrabi Daniyah. Déné yèn sapérangan bandhané kluwarga Wiratmaja arep dipasrahaké marang Dainyah, iku dudu perkara tumrap Puspitasari. Puspitasari dhéwé uga duwé pametu sing cukup murwat.

Krungu pangandikan ibuné, sing arep ngrabèkaké Daniyah karo wong liya, yekti atiné Prasaja ora legawa. Kenang-apa karo wong liya? Kenang-apa dudu Prasaja baè sing ngrabi, wong nyatané wong loro padha tresnané? Mung amarga kagawa kahanan, kekaroné ora bisa nyawijèkaké ati lan tresnané, dadi salaki rabi kang urip bagya mulya.

Prasaja sarwa salah. Kaya-kaya wis cetha yèn bakal kélangan Daniyah bareng karo tresnané. Durung-durung, atiné wis krasa kaya dijuwing-juwing. Pikiran dadi bingung, awak dadi lemes kaya kélangan balung sungsum. Yèn bab bandha sing arep dipasrahaké marang Daniyah, iku dudu perkara gedhé. Sasuwéni iki, uga Prasaja sing nyukupi kabèh kebutuhané Daniyah. Nanging kélangan tresna? Oh, ora! Prasaja kudu golèk cara supaya Puspitasari gelem diwayuh.

Wiwit dina iku, Daniyah nglakoni urip anyar ing dalem wiratmajan. Daniyah pinitaya mandhégani kabèh réwang, klebu juru taman lan supir. Daniyah sing bocah désa kanyata pinter mapanaké dhiri pribadiné ing dalem wiratmajan lan pasrawungan. Tetep lembah manah, andhap asor ngrumangsani padha-padha wong mèlu, ora umuk, ora pamèr, ora kumalungkung dumèh pinitaya dening sing kagungan dalem. Satemah Daniyah uga ditresnani para réwang lan pegawé liyané, luwih-luwih déning Mbah Surip, salah sijining réwang, lan Pak Tarja supiré Prasaja. Ya Mbah Surip iki sing tansah ngiguhaké

Daniyah, kepriyé carané ngopèni awak lan jabang bayi sing isih ana ing kandhutan. Marang Mbah Surip, Daniyah prasasat ora duwé wadi, kabèh lelakon uripé dicritakaké.

*

Ganti kang cinarita. Sawisé Martoyo kasil dikendharat pulisi ing terminal Bungurasih, Surabaya, prosès *penyelidikan dan penyidikan* perkarané Daniyah diterusaké. Kanthi tlatèn lan tliti, pulisi mbalèni nganakaké pamariksan marang Martoyo. Yektiné pulisi wis getem-getem marang wong iki, amarga sasuwéné prosès *penyidikan* dianggep nggawé angèl. Apa manèh, saben-saben ditakoni, jawabané mèh mesthi mbulet, ngingar-ingeraké rembug. Pulisi banjur duwé panduga, Martoyo iki wis kulina tumindak culika lan bola-bali dipriksa pulisi. Kejaba wangsulané bebuletan, kanyata Martoyo uga duwé cara kanggo ngéndhani anané sidik jari ing kabèh barang bukti. Pulisi dadi rada kangèlan njupuk dudutaning perkara.

Sanadyan dikaya-ngapa, pungkasané Martoyo ora bisa suwala. Wis ora bisa gawé alasan sing mlebu akal manèh. Asil pamariksan *laboratorium forensik rumah sakit* mratélakaké, yèn asil uji sidik DNA ing spèrmané Martoyo padha karo spèrma sing tumèmpèl ing barang bukti. Kanthi mangkono Martoyo wis ora bisa sélak manèh. Wis kabuktèn, Martoyo sing ngruda-peksa Daniyah nalika semana. Hakim mutusaké lan netepaké, Martoyo kena paukuman kunjara sepuluh taun suwéné.

Krungu putusané hakim, Prasaja rumangsa lega. Sanadyan putusan iku kaya-kaya ora ngowahi kahanané Daniyah dadi luwih apik, nanging saora-orané bisa ngresiki asmané ingkang ibu, ya Bu Hargarini, sing sasuwéné iki dicubriyani Daniyah pinangka uwong sing wis gawé cintrakané.

Wong sing rumangsa luwih lega manèh, yaiku Radèn Ayu Hargarini. Kanthi kewiyaking perkara, sapa sejatiné durjana kuwi, bisa nyuda sanggan batiné Bu Hargarini sing sasuwéné iki dinakwa pinangka dhalanging lelakon. Mangkonoa, Bu Hargarini ora arep njabel apa sing wis tau dikandhakaké lan dijanjèkaké marang Daniyah. Rasa asih lan mesakaké marang Daniyah iku wis tuwuh ing manahé Bu Hargarini.

Sawetara iku, atiné Daniyah krasa kaya diorak-arik déning kahanan. Babar pisan ora nyana yèn sing tumindak ngruda-peksa iku jebul Martoyo. Kang mangka ing jaman ciliké, ya kluwargané Martoyo, utawa cethané kluwarga Lurah Sasra Sudira sing wis paring pengayoman marang kluwargané Daniyah. Kluwargané Daniyah dikeparengaké mbangun omah ing sapérangan lemah *kas desa*, nganti ana kedadéan omah kuwi kobong ludhes klebu wong tuwa lan adhiné.

Daniyah uga mikir, yèn kedadéané kaya ngono, ateges jabang bayi sing ana ing wetengé iku, anaké Martoyo. Saiki, nalika wis ora ana pengarep-arep bakal dirabi Prasaja, uga ora ana pengarep-arep wong liya sing bakal ngepèk bojo, apa ora luwih becik nampa Martoyo, sanadyan atiné wis digawé tatu lan nelangsa? Tinimbang wirang duwé anak tanpa bapak, apa ora luwih becik rabi karo Martoyo? Nanging Martoyo antuk paukuman sepuluh taun. Apa iya, arep rabi karo wong sing ana ing jero pakunjaran? Utawa, apa iya anggoné rabi nunggu sepuluh taun? Akèh kedadéan sing bisa dumadi ing sajeroning sepuluh taun nunggu Martoyo. Sirahé Daniyah dadi mumet.

Daniyah uga rumangsa salah, sasuwéné iki wis cubriya lan ndakwa Radèn Ayu Hargarini sing njlomprongaké dhèwèké marang kasangsaran. Sawisé Bu Hargarini priksa bab iki, aja-aja Daniyah nuli dikipataké, dibuwang saka kluwarga Wiratmaja. Nanging sing genah, Daniyah kudu énggal-énggal sowan lan njaluk pangapura marang Bu Hargarini. Yèn upama kepeksa ditundhung saka dalem iki, ora bakal suwala, nedya ditampa kanthi éklas.

Daniyah sing daya-daya énggal matur marang Bu Hargarini, banjur nggolèki menyang kamaré ing dalem ageng.

"Ana apa, Daniyah?" pandanguné Bu Hargarini.

Karo tawan-tawan tangis, Daniyah ndhéprok njogan ing ngarepé Bu Hargarini.

"Kula nyuwun pangapunten ingkang kathah, Radèn Ayu. Sadangunipun punika kula sampun cubriya lan gadhah pandakwa awon dhumateng Radèn Ayu. Kula saèstu nyuwun pangapunten. Menawi Radèn Ayu ngersakaken badhé paring paukuman dhateng kula, kula pasrah bongkokan, Radèn Ayu."

-0-

Kosa tembung:

Dilorod = *dibawa ke belakang;*
pasuryan = *wajah;*
kuwur = *bingung;*
owah-gingsir = *perubahan;*
cintraka =cilaka/ *susah/sengsara;*
mecaki = *menapaki;*
kapinujon = *kebetulan.*

28. ÉWUH AYA 2

Sing ora kalah kagèt nalika ngertèni yèn Martoyo sing tumindak ngruda-peksa Daniyah, mesthi baé kluwarga Lurah Sasra Sudira. Martoyo pinangka anaké pak lurah sing pembarep, digadhang bisa ngesuhi lan dadi patuladhan becik tumrap adhi-adhiné lan masarakat kiwa tengen, nanging jebul malah awéh conto ala tumindak candhala. Ya amarga isin ora kasil anggoné ndhidhik anak, Sasra Sudira trima mundur saka kalungguhan lurah. Kabèh kluwarga Sasra Sudira dadi rumangsa asor marang tangga teparo.

"Pak, yèn sing ngruda-peksa Daniyah kuwi Martoyo tenan, rak ateges jabang bayi sing ana ing kandhutané Daniyah kaé, putuné dhéwé ta, Pak? Kanggo ngènthèng-ènthèngi sanggané Daniyah, kepriyé panemumu menawa anaké Daniyah dijaluk baé, Pak. Kanthi mangkono ora gawé ribed Daniyah, nalika dhèwèké arep rabi. Kepriyé, Pak?"

Sasra Sudira unjal ambekan dawa sinambi ngulu idu. "Raiku arep dak-sèlèh endi, Bu? Aku isin yèn kudu ketemu karo Gus Prasaja lan Daniyah. Apa manèh ngrembug bab Daniyah. Ora, Bu, Ora!"

"Nanging kanthi anané kedadéan kuwi, bapak malah kudu ketemu karo Gus Prasaja lan Daniyah, saperlu njaluk pangapura, Pak. Sanadyan dikaya-ngapa, Martoyo wis gawé kaluputan gedhé. Mung awaké dhéwé sing pantes njalukaké pangapura."

Sasra Sudira ora wangsulan, mung gèdhèg-gèdhèg. Panduluné surem tanpa cahya, polatan pucet kaya tanpa getih. Tangan loro ditutupaké rai sing bathuké pating jekethut. Nanging atiné mbeneraké kandhané bojoné sing pungkasan. Dhèwèké kudu ketemu Gus Prasaja lan Daniyah kanggo njaluk pangapura.

*

Wayah soré, akèh bocah cilik padha dolanan ing plataran dalem wiratmajan. Ana sing benthik, gobag sodor, numpak bandhulan, lan plorodan. Ing pendhapa, ana sing dolanan dakon lan bas-basan. Mangkono uga ana ibu-ibu tangga teparo sing nggéndhong anaké sinambi ndulang. Plataran dadi katon regeng. Juru taman ngrèmpèli godhong garing ing taman ngarep gadri tengen.

Radèn Ayu Hargarini lenggah ing kursi résban pendhapa, nggatèkaké bocah-bocah sing padha dolanan. Ing Pasuryané katon tansah sinungging èsem. Sanadyan wis ndungkap sepuh, nanging isih katon ayuné. Ayuné wanita trahing kusuma rembesing madu, sing tansah ngadi sarira lan busana.

Dumadakan ana taksi mlebu régol gapura, lan mandheg ing kuncunganing pendhapa. Nomnoman bagus, pawakané cilik rada dhuwur, pakulitané kuning langsep mudhun saka taksi. Bau kiwa nyangklong tas rangsel, tangan tengen nggèrèt koper sing rada gedhé. Ketara yèn saka lelungan adoh.

Dupi nyumurupi sapa sing mudhun saka taksi, Bu Hargarini gya methukaké lan ngruket nomnoman kuwi. Mangkono uga nomnoman kuwi, sawisé ngambung astané ingkang ibu, uga banjur males ngruket.

"Ibu, sembah sungkem kula katur, Ibu."

"Iya, rak padha slamet lakumu ta, Pramana?"

"Inggih, Ibu. Lha, Kangmas Prasaja wonten pundi?"

"Kangmasmu durung bali. Ayo lungguh kursi kana."

Bu Hargarini nggandhèng putrané kakung lungguh ing dalem pringgitan. Rada adoh saka bocah-bocah sing lagi dolanan, satemah ora ginanggu anggoné cecaturan. Wong loro jenak kekandhan, apa manèh wis sauntara taun ora ketemu, sesambungan mung lumantar tilpun. Bu Hargarini uga mundhut priksa, Pramana mulih merga wis rampung anggoné kuliyah, apa mung sawetara wektu amarga ana perlu. Kanyata Pramana bali mung sawetara wektu, saperlu golèk *data* sing gegayutan karo omah modhèl limasan ing Ngayogyakarta. *Data* kuwi arep kanggo nyusun *thesis* kang asesirah *'A study on earthquake resistence in limasan model buildings in Yogyakarta Special Province' (Sebuah studi tentang ketahanan terhadap gempa, pada bangunan model limasan di Daerah Istimewa Yogyakarta).*

Nalika wis sauntara cecaturan, lan nedheng nyruput wédang tèh panas, Pramana weruh klébaté kenya ayu ing gadri kiwa. Ana rasa dheg-dhegan ing atiné Pramana.

Nalika cangkiré Pramana dumadakan mandheg ing ngarep tutuk-é, Bu Hargarini priksa. Sawetara Pramana kamitenggengen nggatèkaké Daniyah.

"Kaé, Daniyah. Bocah sing diopèni kangmasmu Prasaja, sing wis tau ibu critakaké lumantar tilpun," Bu Hargarini paring katrangan, sanadyan Pramana ora takon.

Pramana gya éling, rumangsa isin généya nalika lagi namataké kenya ayu kuwi, konangan ibuné. Sawisé cangkiré kothong, Pramana pamit arep reresik awak.

Lagi sepisan iki Pramana weruh Daniyah, malah cecaturan uga durung tau. Nanging rasa simpati lan tresna ing atiné kaya digugah. Praupané Daniyah sing semu pucet suntrut, pawakané sing rada kuru, lan pandulu sing katon surem nuwuhaké rasa simpati, kepara tresna, marang Daniyah. Apa manèh kuliyahé ya wis mèh rampung, kudu mikir bojo kanggo kanca mecaki laku urip sabanjuré.

Ing sajeroning rong wulan Pramana nggatèkaké watak-wantu lan solah-tingkahé Daniyah, sarta nanting atiné dhéwé, apa kira-kira bisa nampa Daniyah apa anané. Kabèh lelakon uripé Daniyah wis dingertèni saka pangandikané ingkang ibu lumantar tilpun. Komplit, ora ana sing kliwatan.

Pungkasané, atiné mantep nedya nglamar Daniyah. Sawijining dina nalika dalem wiratmajan lagi sepi, kejaba réwang lan juru taman, Pramana nanting Daniyah. Daniyah katon mangu-mangu.

"Dèn Mas. Punapa panjenengan sampun priksa, kula punika sinten?"

"Iya, uwis. Lan aku rila nampa sliramu apa anané."

"Kula punika tiyang dhusun."

"Aku wis ngerti?"

"Kula punika tiyang lola."

"Iya, aku ya wis ngerti. Apa manèh?"

"Kula sanès prawan ingkang taksih suci murni. Malah boten dangu malih badhé nglairaken."

"Iya, bab kuwi aku uga wis ngerti, apa manèh?"

"Punapa dèn mas sampun matur lan pikantuk palilah saking Radèn Ayu Hargarini?"

"Pancèn Durung. Nanging aku yakin, ibu ora bakal ngalang-alangi kekarepanku iki."

"Punapa Dèn Mas Pramana sampun matur lan pikantuk pasarujukan saking Dèn Mas Prasaja?"

"Durung ... nanging kenang-apa aku kudu matur lan antuk pasarujukané Kangmas Prasaja? Yèn arep ètung-ètungan, sing kagungan purba-wasésa tumrap dhiri pribadiku ya mesthiné kanjeng ibu? Dudu Kangmas Prasaja," wangsulané Pramana, sajak ora trima yèn arep rabi kok kudu ana pasarujukan saka seduluré tuwa?

Daniyah nuli tumungkul, mripaté krasa anget kembeng luh. Sanadyan ora keprungu tangisé, nanging katon yèn Daniyah lagi bingung.

"Kepriyé, Daniyah?"

"Èstunipun ... kula kaliyan Dèn Mas Prasaja punika silih tresna-tinresnanan. Nanging kapambeng kawontenan, ingkang raka kedah dhaup kaliyan kenya sanès, satemah tresna punika ngumbara tanpa jangka," kandhané Daniyah. Saiki ora mung luhé sing dlèwèran, ananging tangisé keprungu mingseg-mingseg.

"Oh ... ngono," kandhané Pramana lirih. Liriiih banget. "Nanging apa Kangmas Prasaja wis naté janji nedya ngrasuk sliramu pinangka garwa ampil?"

"Boten ... dèrèng."

"Ateges durung genah, ta? Yèn ngono, mung kari nanting atimu dhéwé. Gelem nampa tresnaku kang tulus? Utawa nampik, sanadyan durung ana pengarep-arep saka priya liya?"

"Nanging kula ajrih, Dèn Mas."

"Wedi apa, marang sapa?"

"Kula kuwatos Dèn Mas Pramana kuciwa ing tembé wingkingipun, Dèn Mas."

"Kaya jamak lumrahé manungsa, aku uga duwé rasa gela. Nanging insya Allah ora ana gandhèng-cènèngé karo kahananmu saiki iki, Daniyah."

Nganti sauntara wektu Daniyah ora wangsulan, mung tansah tumungkul. Tangané uwet ngremet tangané dhéwé.

"Daniyah, sliramu dak-wènèhi wektu rong bengi kanggo nglelimbang lan mikiraké lamaranku iki. Yèn ing sajeroning rong wengi sliramu ora mènèhi pancasan, bisa dak-tegesi yèn sliramu nampik lamaranku. Muga-muga sliramu bisa nemu kabagyan kang sejati salawasé, Daniyah. Ya, wis ngono baé, aku arep nerusaké gawéanku."

Pramana bali menyang kamaré. Ora ngira, jebul panggrahitané ingkang ibu kanyata bener, Prasaja tresna marang Daniyah. Sekawit, Pramana duwé panganggep yèn ibuné salah panduga. Nanging Pramana wis kadhung mahyakaké tresnané marang Daninyah. Heh ... dadi éwuh aya tumrap Pramana, kok kaya rebutan wanita karo kangmasé dhéwé. Nanging kangmasé wis dhaup. Ah embuh ... mengko kepriyé, ngèli baé.

Pramana unjal ambekan landhung, nuli kanthi tegen mugen nggarap gawéané. Miturut *jadwal akademik fakultas,* ing sajeroning sewulan Pramana kudu wis bali menyang Los Angeles, Amerika Serikat, kanggo ngrampungaké *thésis*. Yèn nganti telat, ujian *thesis* kepeksa diundur nunggu taun candhaké.

Daniyah uga banjur bali menyang kamaré. Karo ngekep bantal, Daniyah nangis sesenggukan, nyuntak rasa bingung lan mangu-mangu sing lagi njiret atiné. Mbah Surip, sing pancèn gemati marang Daniyah, mlebu kamaré. Mbah Surip lungguh njèjèri Daniyah, nuli ngelus-elus bau tengené Daniyah.

"Ana apa?" pitakoné Mbah Surip kanthi aris.

Daniyah banjur crita perkarané, sing gawé bingung. Mbah Surip meneng baé, nggatèkaké critané Daniyah.

"Tampanen, aja kok-tampik. Ngibaraté kowé kuwi rodha utawa cakra manggilingan, saiki lagi ana ngisor. Sanggané lagi abot-aboté, amarga dianggep asor déning liyan. Dadi yèn ana priya sing nresnani, insya Allah tresnané tulus lan suci. Apa manèh kang nresnani priyayi luhur, sekolahé ya dhuwur, ora kurang drajad, pangkat, lan semat," wejanganè Mbah Surip.

-0-

Kosa tembung:

Silih tresna-tinresnanan = *saling cinta mencintai;*
kapambeng = *terhalang;*
ngumbara tanpa jangka = *pergi tak tentu arah tujuan;*
pancasan= *jawaban keputusan;*
tegen mugen = *tekun dan telaten.*

29. PAMIT

"Nanging tresnaku mung marang Dèn Mas Prasaja, Mbah. Karo manèh, aku péngin males kebecikané Dèn Mas Prasaja sasuwéné iki. Piyambaké sing wis nylametaké uripku, Mbah."

"Kowé kuwi kepriyé ta, Daniyah? Lha, rak wis genah menawa Dèn Mas Prasaja iku wis kagungan garwa! Coba pikiren! Apa kowé legawa yèn upamané bojomu bésuk ditresnani wanita liya?" Mbah Surip wangsulan semu takon, lirih katon sabar.

Daniyah meneng baé.

"Apa kowé ora tresna marang Dèn Mas Pramana?" pitakoné Mbah Surip manèh.

Daniyah manthuk.

"Ora tresna ... apa durung tresna?"

Daniyah meneng baé.

"Dak-kandhani ya, Daniyah, Cah Ayu. Biyèn, ya aku iki sing kejibah momong Dèn Mas Prasaja lan Dèn Mas Pramana wiwit isih bayi abang. Kekaroné duwé watak wantu lan solah bawa sing becik. Tindak tanduké kebak tata-krama, tansah netepi kautaman. Kekaroné sekolahé ya dhuwur. Malah Dèn Mas Pramana sekolahé 'nèng *luwar negri*, jaréné '*magister*' apa '*mister*', ngono kuwi. Ning iki ya mung omonganku. Omongané wong sing ora tau 'mangan sekolahan'. Déné sabanjuré ya gumantung kowé. Wis ... sauntara aja dipikir banget-banget, mesakaké jabang bayi sing ana ing wetengmu. Tuwuhé jabang bayi bisa ginanggu," kandhané Mbah Surip dawa.

"Iya, Mbah. Matur nuwun pituturé ya, Mbah. Mbah Surip bisa dadi gantiné simbokku," wangsulané Daniyah, sing nuli ngadeg sinambi ngusap luhé.

*

Nglangut. Rong dina, rasané kaya rong taun. Kuwi sing dirasakaké Pramana, sasuwéné nunggu jawabané Daniyah. Rong dina kepungkur Pramana nglamar Daniyah. Dina iki kuduné Daniyah mènèhi jawaban. Nanging pengarep-arepé Pramana kabur digawa tumiyuping angin. Wektu rong dina wis liwat, kanyata Daniyah ora mènèhi jawaban panglamaré. Pramana wani mesthèkaké, yèn pratingkahé Daniyah kuwi, ana gegayutané karo Prasaja.

Dalem wiratmajan dumadakan krasa panas tumrap Pramana. Hawa tansah sumuk, ing endi baé lungguh kaya nglungguhi eri kemarung, sarwa ora kepénak. Saben-saben arep ketemu Daniyah, Daniyah kaya nemaha ngéndhani. Atiné kaya disuwir-suwir. Pungkasané Pramana mutusaké kudu énggal bali menyang Amerika.

Kaya biyasané, bengi kuwi Bu Hargarini dhahar bebarengan karo para putra. Bu Hargarini lenggah ing pucuking méja, Prasaja lan Puspitasari ing sisih tengen, Pramana ing sisih kiwa. Déné Daniyah adhep-adhepan karo Bu Hargarini.

"Badhé ndhèrèk matur, Ibu. Insya Allah, Sabtu kalih dinten malih kula badhé wangsul dhateng Los Angeles," kandhané Pramana, nalika mangan bareng wis mèh rampung. Sanadyan tata lair matur marang ingkang ibu, nanging mripaté Pramana nglirik Daniyah.

Daniyah sing dilirik sajaké ya rumangsa, banjur tumungkul. Krungu pamité Pramana mau, Daniyah kaya diélingaké yèn durung mènèhi jawaban lamarané Pramana. Nanging saiki kok krasa kélangan. Daniyah uga ngerti yèn miturut rencana sekawit, Pramana mesthiné isih sesasi manèh ana Ngayogya. Nanging kenang-apa dumadakan pamit? Apa iki gegayutan karo lamarané Pramana sing durung dijawab?

"Dina Sabtu? Ateges mung kari rong dina? Lho ... jaré ana Ngayogya isih sewulan manèh? Kok dumadakan matur pamit?" ngendikané Bu Hargarini.

"Iya, Dhimas. Kok sajak kesusu, ana apa?

"Inggih, Ibu. Ora ana apa-apa kok, Kangmas," Pramana mangsuli ngendikané ingkang ibu lan kangmasé.

"Lha, apa kabèh data sing kok-butuhaké wis ganep?" Bu Hargarini mundhut priksa manèh.

"Sampun, Ibu. Kantun 'ngolah', mangké saged kula rampungaken wonten LA."

"Jan-jané mono, ibu iki ya isih kangen. Nanging ya kepriyé manèh. Muga-muga kuliyahmu énggal rampung, nuli bali Ngayogya lan omah-omah. Aja mèlu-mèlu kangmasmu kuwi sing rada telat anggoné dhaup."

Prasaja tumungkul disemoni ibuné, déné Puspitasari malah mèsem karo nglirik bojoné sing ana ing sandhingé. Sawetara, Pramana bola-bali nglirik Daniyah sing mung tansah tumungkul. Bu Hargarini sing mriksani Pramana bola-bali nglirik Daniyah, tuwuh panggrahitané yèn sajaké ana apa-apa ing antarané Pramana lan Daniyah.

Sabtu rong dina candhaké, ing kamaré, Pramana tata-tata arep bali menyang Amerika. Ora kaya biyasané, ana rasa abot ninggalaké dalem wiratmajan. Abot ora amarga ninggal ibu lan kangmasé, nanging abot amarga lamarané marang Daniyah ora ana jawabé. Ora cetha, ditampa apa ditampik. Yèn cetha ditampik pisan, malah wis karuwan anggoné meper tresnané marang Daniyah.

Sawetara iku ing pendhapa, Bu Hargarini, Prasaja, lan Puspitasari nedheng nampa tamu, yaiku lurah dhongkol Sasra Sudira lan bojoné. Wosing rembug, Sasra Sudira njaluk pangapura, génèya jebul anaké lanang sing wis tumindak culika ngruda-peksa Daniyah. Kanggo ngènthèng-ènthèngi sanggané Daniyah, yèn ana keparengé Bu Hargarini, lan rilané Prasaja sarta Daniyah, bésuk bayi yèn wis lair arep digulawenthah déning Sasra Sudira. Amarga miturut pamikirané Sasra Sudira, jabang bayi sing dikandhut Daniyah iku, putuné Sasra Sudira.

Tumrap Bu Hargarini lan Prasaja, perkara kuwi dipasrahaké marang Daniyah. Yèn Daniyah legawa, ya mangga. Nanging yèn Daniyah ora rila, ya aja dipeksa. Endi baé sing diputusaké déning Daniyah, kluwarga Wiratmaja bakal nyengkuyung. Klebu yèn upamané bayi kuwi arep diemong Daniyah dhéwé, kluwarga Wiratmaja saguh ngragadi.

Apa Daniyah legawa masrahaké anaké marang Sasra Sudira? Ora! Aja manèh kok masrahaké anaké. Nemoni Sasra Sudira baé, Daniyah ora gelem. Ana perang batin ing atiné. Sanadayan dikaya-ngapa, Lurah Sasra Sudira nalika semana, wis tau nulungi kanthi paring palilah marang kluwargané mbangun omah ing lemah kas désa. Nanging pungkasané, anaké Sasra Sudira uga, sing gawé ajur mumur lan ngambyaraké uripé.

Apa manèh dina iku, yektiné atiné Daniyah lagi kuwur lan kisruh. Dina iku, wong sing nglamar dhèwèké arep lunga adoh ... adoh banget, kang mangka Daniyah durung wani mènèhi pancasan. Nanging kudu njawab apa?

Yèn kandha 'gelem', yektiné Daniyah tresna marang priya liya. Nanging yèn nampik, aja-aja priya sing ditresnani jebul ora bakal nglamar dhèwèké.

Tekan wektuné, Pramana kudu pamit marang kabèh kluwarga, nedya bali menyang Los Angeles, Amerika Serikat. Mung Bu Hargarini sing arep ngeteraké Pramana menyang bandar udara. Déning Narji, supiré Bu Hargarini, kabèh barang-barangé Pramana wis dilebokaké ing bagasi mobil. Narji pancèn kadhawuhan ngeteraké Pramana lan Bu Hargarini menyang bandar udara *New Yogyakarta International Airport,* Kulon Progo.

Pramana wis mubeng dalem wiratmajan saperlu pamit marang kabèh réwang lan pegawé liyané, kejaba Daniyah sing ora katon. Daniyah kang lagi bingung, mung 'ndhelik' ing kamaré, sinambi bola-bali ngusap luh sing tansah mbrebes mili.

Pramana lan Bu Hargarini wis samapta budhal menyang bandar udara, metu menyang pendhapa nedya pamit Prasaja lan Puspitasari. Nyumurupi Pramana, sanalika Sasra Sudira takon.

"Punika sinten, Gus? Kok kados jambé sinigar kaliyan panjenengan?" pitakoné Sasra Sudira.

"Oh ... dipun-tepangaken, Pak Lurah. Punika rayi kula Adhimas Pramana. Sapunika taksih ngangsu kawruh wonten Amerika, Pak Lurah," wangsulané Prasaja.

"Dhimas! Dikenalaké, Dhimas. Iki Lurah Sasra Sudira, sing mbiyantu aku nalika ngurus idin Taman Wisata Baléranté," kandhané Prasaja manèh karo nolèh marang Pramana.

"Wah ... sapunika sanès lurah malih, Gus," Sasra Sudira nyaut ukara.

Pramana banjur salaman sinambi nyebut jenengé, mangkono uga Sasra Sudira. Pramana gya pamit Prasaja, Puspitasari, lan kluwarga Sasra Sudira, nuli mudhun mecaki undhak-undhakaning pendhapa. Pak Narji mbukakaké lawang mobil kanggo Bu Hargarini sing dilenggahaké jok tengah. Déné Pramana uga mbukak lawang ngarep jèjèr supir.

Dumadakan keprungu 'dhug-dhug dhug-dhug' swara playuné uwong saka gadri gandhok kiwa. Katon klébaté Daniyah sinambi nyangga wetengé sing katon gedhé, karo tawan-tawan tangis. Uwong-uwong padha nolèh, pandulu tumuju marang Daniyah. Klebu kabèh réwang, sing péngin ngerti ana kedadéan apa.

"Dèn Mas Pramana, kula ndhèrèk panjenengan!" kandhané Daniyah karo gondhèlan tangané Pramana.

Prasaja sing sepisanan nanggapi polah tingkahé Daniyah, amarga saking kagèté. Wong sing kanthi sesidheman ditresnani, saiki malah gondhèlan tangan seduluré enom.

"Daniyah! Apa karepmu omong mangkono marang Dhimas Pramana?" kandhané Prasaja semu butarepan, sinambi nggèrèd Daniyah. Puspitasari ganti nggondhèli Prasaja, bojoné. Wong papat gèrèd-gèrèdan kaya *adegan sinétron* ing televisi baé.

Daniyah ora wangsulan. Sawetara kuwi Pramana bola-bali nolèh marang Bu Hargarini, Prasaja, lan Puspitasari. Sasra Sudira lan bojoné uga bingung nyumurupi kedadéan kuwi.

Kanthi alon, Bu Hargarini bali metu saka mobil, banjur ngendika marang Sasra Sudira, "Nyuwun pangapunten, Pak Lurah. Punika perkawis kluwarga ingkang prayoginipun tiyang sanès boten mangertosi.

Pramila sepisan malih nyuwun pangapunten, kula kepeksa 'nundhung' panjenengan kekalih saking dalem wiratmajan, Pak Lurah. Menggah pamundhut panjenengan kala wau, gandhèng Daniyah piyambak ugi boten rila, nyuwun pangapunten malih, kepeksa boten saged dipun-sembadani."

Lurah dhongkol Sasra Sudira gya pamit marang kabèh kluwarga Wiratmaja lan lunga saka papan kono. Bu Hargarini ngendika marang Daniyah kanthi aris, ora ana pasemon duka marang Daniyah.

"Daniyah, aja lancang pangucap lan tingkah-lakumu. Lha, kok dadi wani nranyak marang Pramana."

-0-

Kosa tembung:

Ginanggu = *terganggu;*
sekawit = *semula;*
meper = *membuat tumpul;*
meper tresnané = *mematikan/menumpulkan rasa cinta;*
dhongkol = *mantan;*
sanggan = *beban;*
samapta =*siap;*
butarepan = *cemburu.*

30. PEPISAHAN

Daniyah nolèh maspadakaké Bu Hargarini, kanthi pandulu sing surem semu wedi. Nanging ora suwé, bali ndeleng Pramana, kaya ana sing diarep-arep saka Pramana. Pramana meneng baé, ora ngerti karepé Daniyah.

"Dèn Mas. Kula aturi matur bab punika dhumateng ingkang ibu, Dèn Mas," pungkasané Daniyah kandha marang Pramana.

"Nanging sliramu ora awèh wangsulan, Daniyah. Aku arep matur apa?"

"Kula badhé ndhèrèk panjenengan, Dèn Mas."

"Dadi ... sliramu nampa lamaran ...?"

Durung nganti rampung ukarané Pramana, Prasaja medhot rembug, "Ooh ... dadi meneng-meneng, jebul ana sambung tresna, antarané Dhimas Pramana karo Daniyah, ta?" Prasaja sajak ora bisa nampa kandhané Daniyah menawa arep mèlu Pramana.

"Sejatiné ora ngono, Kangmas. Kang bener, aku sing tresna marang Daniyah. Gandhèng aku ora ngerti yèn antarané Kangmas Prasaja lan Daniyah ana rasa silih tresna, aku nglamar Daniyah. Ya wektu iku Daniyah lagi blaka yèn ana silih tresna karo Kangmas Prasaja. Nanging nganti tekan iki mau, Daniyah ora mènèhi jawaban lamaranku. Aku duwé panduga, Daniyah ora njawab lamaranku amarga yektiné ngarep-arep lamarané Kangmas Prasaja. Nalika wis pupus pengarep-arepé dilamar Kangmas Prasaja, kang mangka aku kudu bali menyang Amerika, Daniyah lagi blaka yèn nedya mèlu aku. Pasemon sing dak-rasakaké saka ngendikané Kangmas Prasaja mau, kaya-kaya kedadéan iki ora dadi kersamu, Kangmas."

Kabèh meneng, silih sawang. Pramana nerusaké kandha, "Nah ... saiki mumpung kabèh ana, sineksèn kanjeng ibu sarta Mbakyu Puspitasari, kepriyé kersané Kangmas Prasaja?"

Puspitasari cepet nyaut kekandhan, "Ora! Aku ora sarujuk yèn Kangmas Prasaja arep mundhut garwa ampil Daniyah. Saiki Kangmas Prasaja dak-aturi milih. Milih aku apa Daniyah?"

Prasaja ora wangsulan. Swasana sepi, ora ana sing guneman. Kanthi alon, Prasaja nguculaké tangané Daniyah sing dicekeli. Bu Hargarini gya bisa nata penggalih, lan sangsaya priksa dhodhok-sèlèhé perkara. Prasaja lan Pramana, putrané kakung loro, padha-padha nresnani Daniyah. Nanging Prasaja wis duwé sisihan sing ora gelem diwayuh. Daniyah sing sekawit ngarep-arep Prasaja, pungkasané gelem nampa lamarané Pramana.

Bu Hargarini éling, nalika arep nitipaké Daniyah ing omahé Pak Kariyo, wis tau kandha. Yèn pancèn Prasaja niyat arep ngrabi Daniyah, Bu Hargarini bakal nampa lan nyengkuyung, yèn pancèn Daniyah legawa dadi garwa ampil. Mung bédané saiki, dudu Prasaja nanging Pramana sing arep ngrabi Daniyah.

Miturut pamanggihé, kaya-kaya kok malah tiba kepeneran. Tinimbang ndadak ngangkat Daniyah dadi putra angkat, nyisihaké sapérangan warisan, lan nggolèkaké jodho sing gelem nampa apa anané, luwih prayoga yèn Daniyah dadi mantuné. Ora dhaup karo Prasaja, nanging karo Pramana.

Embuh abot embuh ènthèng, pungkasané Prasaja bisa nampa kahanan, nguculaké Daniyah didhaup déning adhiné dhéwé. Puspitasari kukuh emoh diwayuh, malah nanting Prasaja supaya milih antarané Puspitasari utawa Daniyah.

*

Wiwit dina iku swasana ing dalem wiratmajan ana owah-owahan. Tumrap Prasaja lan Pramana, swasana dadi kaku sarwa kidhung. Mula saben-saben ing dalem wiratmajan ana wong loro kuwi, kabèh ora wani cemuwit kejaba Bu Hargarini.

Tumrap Bu Hargarini, dadi lejar penggalihé. Kejaba wis kabuktèn yèn ora maéka Daniyah, kanthi ngepèk mantu Daniyah rasané kaya wis mbayar lunas utangé marang Daniyah. Sanadyan yèn dipikir dawa, sing mbiyantu Daniyah wiwit cilik ya kluwarga Wiratmaja. Yektiné Bu Hargarini uga bisa ngrasakaké menawa sesambungan antarané Prasaja lan Pramana kaya ana wates sing ora katon. Nanging Bu Hargarini éthok-éthok ora priksa. Upama-a Prasaja tresna tenan marang Daniyah, nanging nyatané wis omah-omah, lan tangèh lamun Daniyah 'digantung' statusé. Daniyah sing nedheng ngandhut, kudu agé-agé rabi kanggo nutup wirang.

Wong sing uga rumangsa seneng ndeleng Daniyah dhaup karo Pramana, yaiku Puspitasari. Kanthi mangkono wis ora ana kekuwatiran manèh Prasaja bakal mayuh utawa ninggalaké dhèwèke. Nadyan mangkono, saben-saben meruhi ing dalem wiratmajan ana Prasaja lan Pramana, Puspitasari luwih akèh meneng. Saiki Prasaja dadi luwih rumangsan, atiné gampang 'kesénggol'. Mula kejaba Bu Hargarini, yèn ing dalem wiratmajan ana Prasaja lan Pramana, wong-wong liyané akèh menengé.

Ngèlingi swasana ing dalem wiratmajan, mliginé sesambungané karo Prasaja, Pramana emoh suwé-suwé manèh ana ing Ngayogya. Sesambungané karo Prasaja dadi sarwa éwuh. Mangkono uga sanadyan sethithik ana rasa sumelang, tresnané Prasaja lan Daniyah tuwuh ngrembaka marang tumidak sing nalisir saka kautaman. Mula prayoga disingkiri.

Nanging mangkonoa tetep kudu ngundur budhalé menyang Amerika. Kang sepisan, sadurungé budhal kudu wis nikah karo Daniyah, wong nyatané Daniyah nedheng ngandhut. Mula nikahé mung diadani pasaja ing kantor KUA, kanthi wali hakim. Ora ana pista, ora akèh tamu kang diaturi kejaba mung sedulur cedhak. Nyeksèni wong nikah, lumrahé mono padha seneng-seneng. Nanging ora ngono ing nikahé Pramana lan Daniyah. Swasana katon pethenthengan lan ora akèh gunem, kejaba Bu Hargarini sing katon rena penggalihé.

Kang kapindho, sadurungé budhal isih kudu ngurus *dokumen* imigrasi tumrap Daniyah, lan uga nganyaraké data imigrasi tumrap Pramana sawisé nikah.

"Pramana ... apa ora luwih prayoga yèn budhalmu nunggu lairé jabang bayi pisan ta, Nggèr?"

"Ibu. Miterat pétangipun dhokter, taksih tigang minggu malih Dhik Daniyah anggènipun badhé nglairaken. Kula kuwatos ketrucut anggèn kula badhé *ujian thesis*, Ibu. Éman menawi kedah nengga setunggal taun malih."

"O ... ya wis yèn mangkono. Sing ngati-ati baé anggonmu momong jabang bayi kuwi. Wis dadi pepesthèné Gusti Allah, jabang bayi kuwi dadi anakmu. Iku wujud amanahé Gusti sing kudu kok-tindakaké kanthi éklas lan legawaning ati, Nggèr."

"Inggih, Kanjeng Ibu."

Ora nganti rong minggu sawisé nikah, tekan titiwanci budhalé mantèn anyar loro menyang Amerika. Ora ana wong sing katon seneng kejaba Bu Hargarini. Kabèh mung meneng angon rasa marang kabèh uwong. Bu Hargarini arep mèlu tindak bandar udara NYIA ngeteraké Pramana lan Daniyah. Kluwarga ageng R. Wiratmaja lan kabèh réwang wis salaman pepisahan karo Daniyah lan Pramana, kejaba Prasaja.

Daniyah dietutaké Pramana, nyedhaki Prasaja. Tangané kumlawé ngajak salaman, klawan kandha, "Kangmas ...," swarané Daniyah keprungu mangu-mangu semu ndredheg. "Kula Daniyah, nyuwun pangapunten ingkang kathah awit sedaya lepat kula. Wiwit kula alit, inggih panjenengan ingkang sasat paring gesang, temtu kathah kekilapan kula. Matur nuwun sanget awit sedaya pambiyantu panjenengan dalah kluwarga ageng R. Wiratmaja."

Sauntara wektu, kabèh wong megeng napas, ngéntha-éntha apa sing bakal ditindakaké Prasaja. Nanging kabèh krasa lega, krungu kandhané Prasaja sing dibarengi èsemé. Prasaja nolèh marang Pramana nanging nyedhaki Daniyah.

"Dhimas! Aku njaluk palilah ngekep Dainyah ya, Dhimas. Dudu kekepan antarané priya lan wanita, ananging kekepané kangmas marang adhiné ipé."

"Mangga, Kangmas."

Wong-wong padha mèsem, nanging ora ana kang kekandhan. Kabèh panguneg-uneg mung disimpen ing batin.

"Iya, Dhiajeng. Iki kabèh kaya wis dadi pepesthèné Gusti Allah Kang Maha Agung. Awaké dhéwé tetep nyawiji, dudu pinangka salaki-rabi, ananging dadi sedulur sinarawedi. Mangkono uga aku ya, Dhiajeng, njaluk pangapura kabèh luputku," kandhané Prasaja.

Swasana ing dalem wiratmajan kaya wis padhang njingglang. Wong papat nuli mlebu mobil lan budhal menyang bandar udara NYIA, diuntapaké kabèh kluwarga ageng R. Wiratmaja, kairing èsem sinungging ing lathi.

Sadurungé munggah montor mabur, Pramana lan Daniyah pamit ingkang ibu. Kanthi kebak rasa asih lan bekti memundhi, Pramana lan Daniyah ngambung astané Bu Hargarini. Daniyah ora bisa ngampet tangisé, nangis sesenggukan ing kekepan ibu marasepuhé.

"Sedaya lepat nyuwun pangapunten, saha nyuwun tambahing pangèstu, Kanjeng Ibu."

"Iya, Nggèr, dak-pangèstoni. Muga bagya mulya sing tansah tinemu. Aja kelépyan tetepa manembah marang Gusti Allah SWT ya, Nggèr."

Pramana gya ganti ngambung astané ingkang ibu. Sinambi ngruket putrané kakung, Bu Hargarini ngendika, "Ngati-ati anggonmu momong anak bojo ya, Nggèr. Muga-muga sekolahmu énggal rampung lan bali mulih menyang Ngayogya."

Montor mabur sing sangsaya cilik wis ilang saka pandulu. Kanthi penggalih kang bungah sumringah, Bu Hargarini ninggalaké bandar udara NYIA. Sanggan sing ana ing penggalihé kaya wis bisa disèlèhaké. Putrané kakung loro, saiki wis mentas kabèh.

Sing kaya dadi pengéram-éram, gerah jantungé Bu Hargarini wis ora naté kumat manèh. Dhokter mratélakaké menawa Bu Hargarini ora kudu *kontrol* saben wulan. Ya pancèn ngono kuwi. Begja, mulya, lan bektining anak marang wong tuwa, iku bisa dadi tamba sing banget mandi tumrap kabèh lelara. Malah Bu Hargarini bisa nyandhak yuswa nganti wolung puluh enem taun, nalika Prasaja wis peputra telu lan Pramana peputra cacah papat.

-TAMAT-

Kosa tembung:

Pasemon = *kesan;*
kidhung = *serba salah;*
lejar = *lega/hilang sedih/hati tenang;*
rumangsan = *sensitif;*
pethenthengan = *tegang;*
rena = *senang/puas;*
megeng napas = *menahan nafas;*
sedulur sinarawedi = *teman tetapi seperti saudara;*
memundhi = *menghormati/menjunjung tinggi.*

Ngayogyakarta, 21 April 2025.

Buku anggitané Ki Bambang Saparyono:

Novèl Basa Jawa *ATI DUDU WATU* (drama rumah tangga)

Penerbit : Garudhawaca, Juli 2023
ISBN : 978-623-422-070-4
Ukuran : 14 x 20 cm
Halaman : x + 233
Harga : Rp 85.000,00

Novèl Basa Jawa *MEKARING KEMBANG TRESNA* (drama romansa remaja, lanjutan dari *ATI DUDU WATU*)

Penerbit : Garudhawaca, Desember 2023
ISBN : 978-623-422-084-1
Ukuran : 13 x 19 cm
Halaman : viii + 180
Harga : Rp 75.000,00

Kumpulan Crita Cekak Basa Jawa *WARNANING URIP* (nomine Karya Sastra Berbahasa Jawa Terbaik DIY tahun 2024)

Penerbit : Jejak Pustaka, Oktober 2023
ISBN : 978-623-183-560-4
Ukuran : 14,8 x 21 cm
Halaman : viii + 138
Harga : Rp 65.000,00

Crita Bocah Basa Jawa *LIBURAN MENYANG DÉSA* (cerita petualangan anak kecil)

Penerbit : Jejak Pustaka, Juli 2024
ISBN : 978-623-183-867-4
Ukuran : 14,8 x 21 cm
Halaman : x + 135
Harga : Rp 65.000,00

Novèl Basa Jawa *ONTRAN-ONTRAN PUCANGANOM* (drama klasik, perebutan kekuasaan di sebuah kademangan)

Penerbit : Garudhawaca, September 2024
ISBN : 978-623-422-112-1
Ukuran : 14 20 cm
Halaman : viii + 344
Harga : Rp 119.000,00

Novèl Basa Jawa *MUTIYARA TRESNA* (drama rumah tangga)

Penerbit : Garudhawaca, Juni 2025
ISBN : 978-623-422-126-8
Ukuran : 13,5 x 20,5 cm
Halaman : viii + 240
Harga : Rp. 91.000,00

Novèl Basa Jawa *DOLANAN ATI* (drama rumah tangga, kang saiki ana ing astané pamaos)

Penerbit: Garudhawaca,
ISBN : 978-623-422-132-9
Ukuran : 14 x 20 cm
Halaman : viii + 240
Harga : Rp 89.000,00

Panganggit

Ki Bambang Saparyono lair ing Sléman, taun 1957. Sawisé kawisudha pinangka abdi dalem Kraton Ngayogyakarta Hadiningrat, pinaringan pangkat sarta tetenger Radèn Wedana Sarana Paryatmaja.

Pawiyatan Dhasar lan SMP dilakoni ing Ngemplak, Sléman, katerusaké ing Sekolah Menengah Farmasi Negeri Yogyakarta (1975). Lulus pawiyatan luhur saka Fakultas Farmasi UGM (1983), lan Magister Manajemen Pelayanan Kesehatan Dasar ing Mahidol University, Thailand (1993).

Makarya pinangka pegawai negeri ing Kementrian Kesèhatan (nganti taun 2000), Dinas Kesehatan Propinsi DIY (nganti taun 2005), lan Dinas Kesehatan Kota Yogyakarta (nganti pènsiyun taun 2013), ngrangkep dadi panaliti ing PSFKKO UGM; lan dhosèn *tidak tetap* ing MMKO UGM sarta Jurusan Farmasi UII.

Nikah karo kinasih Dra. R. Ngt. Ismaryani, Apt., MPH, peputra loro: (1) Siwi Aryani Ratu Rahmi, S.Kel., M.SI. lan (2) Hestutomo Restu Kuncoro, S.IP., MA.

Karya-karyané, ana 7 (pitu) buku crita basa Jawa kang wis diterbitaké. Malah salah sijiné antuk *penghargaan* saka Balai Bahasa DIY pinangka *Nominé Karya Sastra Berbahasa Jawa Terbaik* DIY Taun 2024.

www.ingramcontent.com/pod-product-compliance
Lightning Source LLC
LaVergne TN
LVHW060442051026
849518LV00002B/576
* 9 7 8 6 2 3 4 2 2 1 3 2 9 *